천 번의 죽음이 내게 알려준 것들

천 번의 죽음이 내게 알려준 것들

호스피스 의사가 전하는

삶과 죽음에 관한 이야기

김여환 지음

"죽음을 앞둔 사람들에게서
어떻게 살아야 하는지를 배우다"

포레스트북스

이야기를 시작하며

우리가 죽음을 배워야 하는 이유

"안 돼!"

사랑하는 남편의 절박한 외침도 윤하 씨의 눈을 다시 뜨게 할 수는 없었다. 윤하 씨 곁에 엎드린 남편의 얼굴에, 윤하 씨의 손을 잡은 일곱 살 딸아이의 얼굴에, 그리고 주치의인 나의 얼굴에 눈물이 흘렀다. 잠시 세상의 움직임이 멈춘 듯 고요하다. 하지만 곧 창밖에서 새 지저귀는 소리가 들려왔다. 사랑하는 사람이 죽어도 여전히 시간은 흐르고 세상은 움직인다.

윤하 씨는 사내에서 만난 남편과 첫눈에 반해 남들보다 일찍 결혼했다. 사랑과 축복 속에 낳은 딸아이는 다운증후군이었다. 아픈 아이에게 형제가 많으면 나중에 힘이 되어줄 것 같아서 연년생 둘을 더 낳았고 20대에 세 아이의 부모가 되었다. 스물아홉 살 꽃다운 나이에 말기 위암 환자가 되었지만 세 아이의 엄마로서 아직 할 일이 많은 그녀였다. 누군가의 엄마와 아내가 아니더라도 20대 후반은 해야 할 일도, 하고 싶은 일도 많은 나이였다.

"애들은 어떡하죠?"

언젠가 나는 투병 중인 윤하 씨에게 그렇게 물었다.

"어떡하긴요. 할 수 없죠."

그녀는 담담하게 미소를 지어 보였다. 윤하 씨의 말처럼 어쩔 수 없는 일이었다. 그러나 어쩔 수 없다는 결론에 도달하기까지 그녀는 얼마나 많은 밤을 불안과 두려움으로 지새워야 했을까.

오늘 윤하 씨는 앙상하게 뼈가 드러난 하얀 손으로 일곱 살 맏아이의 손을 꼭 부여잡고 잠이 들었다. 심장이 멈추고 온기가 사라졌다. 차갑게 식어버린 그녀의 얼굴에는 아직도 눈물자국이 남아 있었다.

모든 사람에게 죽음은 첫 경험이자 마지막 경험이다. 어떤 일이든 '첫'은 미숙하고 어설프기 마련이다. 첫사랑을 할 때 대부분 실패하는 것도 미숙하고 어설프기 때문이다. 하지만 다행스럽게도 사랑에는 두 번째, 세 번째 기회가 있다. 끝장난 사랑을 교훈 삼아 처음보다 더 뜨겁게 사랑할 수 있다. 죽음은 삶으로부터의 갑작스러운 실연이다. 그러나 처음 겪는 일이라 해서 첫사랑처럼 실패한다면 대가는 참혹하다. 같은 이야기라도 결말이 다르면 완전히 별개의 이야기가 되어버리듯, 내 삶의 과정과 다른 마지막은 나의 인생을 내가 아닌 다른 누군가의 것으로 만들어버린다.

'죽음의 신이 온다는 사실보다 확실한 것은 없고 죽음의 신이 언제 오는가보다 불확실한 것은 없다'는 독일 격언처럼, 죽음은 말기 암에 걸린 나의 환자에게만 찾아오는 것이 아니다. 건강한 우리에게도 내일 당장 올 수 있다. 죽음은 자신이 찾아가는 사람에 대해 궁금해하지 않기 때문에 그 사람이 인생에서 얼마나 기막힌 일을 겪었는지, 앞으로 해야 할 일이 얼마나 많은지 아무것도 묻지 않는다. 자비도 연민도 베풀지 않는다.

그래서 우리는 죽기 전에, 더 늦기 전에 우리의 마지막과 접촉해야 한다. 한 번도 본 적 없는 연예인의 일상은 꿰고 있으면서, 한 번도 입 밖에 내지 않을 영어 단어를 외우는 데는 많은 시간을 허비하면서, 정작 미래에 반드시 닥칠 죽음의 길에 대해서는 아무 지도도 가지고 있지 않다는 것이 얼마나 아이러니한가.

하지만 싫다. 건강하고 생기 넘치는 사람이 자신의 죽음을 상상하는 것은 무섭고 끔찍한 일이다. 나 또한 호스피스 병동에 근무하기 전까지는 나의 마지막을 상상하지 않았다. 의사로서 타인의 죽음은 많이 보면서 정작 나의 죽음은 두렵고 서글퍼서 외면했다. 죽음을 떠올리는 것이 곧 인생의 실패이자 의학의 실패라고 여기는 시대에 살고 있는 우리는, 죽음의 맨얼굴을 애써 보지 않으려 하다가 부모나 배우자, 자식처럼 가까운 사람을 잃고 나서야 허둥지둥 죽음에 관해 생각한다. 그러나 그것도 잠시, 산 사람은 살아야 한다며 또 다시 현재에만 집중한다.

호스피스 의사가 된 지 5년이 지났다. 병실 안에서 내가 할 수 있는 일은 그가 누구든, 어떤 삶을 살아왔든, 참 잘 살았다고 격려하는 것뿐이다. 그러나 병실 밖에서 나는 '죽음'과 '죽어감'을 돌보는 사람으로서 죽음에 관한 어두운 오해를 풀어야 할 사명감을 느낀다. 건강한 사람들과 죽음에 관해 이야기하고, 일반적인 죽음의 모습을 개선시켜야 할 의무감을 느낀다.

엘리자베스 퀴블러 로스Elizabeth Kubler Ross의 '죽음의 5단계'에 따르면 사람은 부정—분노—타협—우울—수용의 단계를 거쳐 죽음을 받아들인다고 한다. 세월이 흐르면 육신이 늙어가는 것처럼 마음도 육체와 함께 자연스럽게 노화하다 수용의 단계에 이르면 얼마나 좋을까마는, 세상에 호락호락하게 얻어지는 건 없는가 보다.

사랑하는 이에게 죽음을 배웠거나 삶의 과정에서 죽음과 가까이 맞닿아 있었던 사람들은 죽음을 잘 수용한다. 내가 본 바로는 자식을 앞세운 부모나 장애인이 그랬다. 삶이 고달팠던 사람에게 죽음이 좀 더 쉬운 걸 보면 인생은 공평한 것 같기도 하다. 또, 아직 죽음이 다가오지 않은 보호자도 환자와 같은 마음의 단계를 거치는 것을 보면 죽음의 5단계는 삶의 5단계와 근본적으로 같지 않나 하는 생각도 든다.

죽음은 예고편 없이 들이닥쳐 소중한 것을 빼앗아가므로 폭력적이지만 누구에게나 딱 한 번 오기 때문에 공평하다. 그 한 번을 '잘' 하기 위해서는 죽음을 배워야 한다. 삼베옷을 입고 입관하는 체험으로 마지막을 느껴보고자 하는 사람들도 있지만, 우리는 어차피 지금 모습 그대로 떠나지 않기 때문에 그런 경험은 죽음을 배우는 데 전혀 도움이 되지 않는다.

나는 사람들이 호스피스 병동에 와서 자신의 마지막과 접촉하기를 바란다. 이미 죽음이 등 뒤로 들이닥쳤을 때 호스피스에 오는 것이 아니라, 건강할 때 먼저 세상을 떠나는 선배에게 죽음을 배우기 바란다. 정든 환자와 진하게 이별해봐야 내가 떠난 뒤 남아 있을 사람들에게 아름다운 말을 남길 수 있다. 그런 뒤에야 제대로 된 사전 의료 지시서나 유언장도 쓸 수 있다. 죽음은 독학할 수 없다. 타자로부터 배워야 한다. 시간과 마음을 투자해서 죽음을 배우면 죽음이 달라지는 것이 아니라 삶이 달라진다. 자신의 마지막을 정면으로 응시하면 들쭉날쭉하던 삶에 일관성이 생기고 시련을 극복할 수 있는 용기가 생긴다. 이곳에서 나는 사람들이 어떻게 마지막을 준비하는지 알게 되었다. 축제의 막바지에 하이라이트가 있는 것처럼, 나는 호스피스 병동에 인생의 하이라이트가 있다고 믿는다.

이 책은 '암에 걸려서 호스피스 병동에 왔다가 삶의 갈등을 정리하고 행복하게 죽었다'는 죽음에 관한 동화가 아니다. 인생의 끝자락에서 삶과 죽음의 5단계를 극복해나가는 우리의 이야기이자 죽어가는 사람이 들려주는 마지막 삶의 이야기다. 내가 이 원고와 함께 했던 시간은 글을 '써나가는' 과정이 아니라 환자들의 이야기를 '읽어가는' 과정이었다. 나는 우리의 마지막을 읽어가면서 호스피스 병동에서 사람이 죽어가고 있는 게 아니라 살아가고 있다는 것을, 수동적으로 '살아내는' 게 아니라 능동적으로 '살아가고' 있다는 것을 알려주고 싶었다.

우리도 그들처럼 어떤 마지막이 기다리든 최선을 다해 살아가야 하며, 죽음이 우리를 찾아오기 전에 우리가 죽음을 먼저 찾아가서는 안 된다는 용기도 주고 싶다. 또 의료의 도움을 받으면 죽기 직전까지 고통스럽지 않게 살 수 있다는 의학적인 상식도 알려주고 싶고, 사회봉사의 치유력만이 갑자기 들이닥치는 죽음의 폭력에서 우리를 구원한다는 것도 말해주고 싶다. 그렇게 나는 죽음에 관한 이야기이자 삶에 관한 이야기를 당신과 나누고 싶다.

나의 호스피스 경험을 통해 당신이 죽음의 두려움을 극복하는 희망의 메시지를 찾아내기를, 평범한 사람들의 마지막 이야기가 당신의 죽음과 소통하는 길잡이가 되기를 진심으로 바란다.

차례

3부) 그래서 오늘이 마지막이었으면 하는 극단적인 바람이 들 때

4부) 그럴 때 나는 당신이 호스피스 병동을 찾았으면 한다

5부) 죽음은 그 모든 문제에 정답을 가지고 있다

(1부)

도저히
이겨낼 수
없을 것 같은
절망에
맞닥뜨렸을 때

실연의 아픔을 겪은 적이 있을 것이다.

한마디 말도 없이 떠나버린 야속한 연인처럼,

죽음은 어느 날 갑자기 찾아온다.

삶으로부터의 완벽한 실연이다.

호스피스 의사로 산다는 것

호스피스 의사로 근무한다는 것은 색다른 경험이다. 사람들은 환자들이 고통에 몸부림치다 심장이 멈출 거라고 막연히 상상하지만 사실은 그렇지 않다. 떠날 이들은 남은 이들을 걱정하고 건강한 봉사자는 낙엽처럼 말라버린 환자의 육체를 어루만진다. 호스피스 병동에도 삶이 있다.

죽음은 사람을 가리지 않기 때문에 호스피스 병동에 있으면 별의별 사람을 다 만날 수 있다. 내가 만난 보호자 중에는 교도소를 몇 번이나 다녀온 전과자도 있었다. 그는 밤낮으로 술을 마시고 만취 상태로 나타나 엄마를 살려내라며 소란을 피웠다.

암이 뇌까지 전이된 의붓아버지를 몰래 데리고 온 아들도 있었다. 두 여동생이 아버지에게 무관심하다면서 혼자 매일 병문안을 왔기 때문에 효자라고만 생각했는데, 한 달 뒤 여동생들이 놀란 얼굴로 아버지를 찾아왔다. 오빠가 연락을 끊어서 아버지가 계신 곳조차 몰랐다고 했다. 알고 보니 오빠가 혼자 유산을 독차지하려고 꾸민 짓이었다. 환자들의 사연을 보고 들으며 내가 깨달은 것은 우리의 인생이 돈과 사랑으로 촘촘하게 얽히고설켜 있다는 것, 삶의 끝자락에서는 이제껏 감춰온 진실이 낱낱이 까발려진다는 것이다.

때로는 내가 근무하는 호스피스 병동의 열네 개 병실이 열네 권의 소설책처럼 느껴진다. 그러나 환자들이 마지막 순간에 꺼내 보이는 진솔한 이야기를 단순한 이야깃거리로만 취급해서는 안 될 것이다. 따뜻한 이야기는 따뜻한 대로, 안타까운 이야기는 안타까운 대로 소중하다. 그들이 꺼내놓은 이야기 하나하나가 우리에게 삶의 지표를 선사한다. 죽음을 지켜보면서 삶을 알게 되는 순간이다.

나는 알코올 중독자 아버지와 정신분열증인 어머니 아래에서 자랐다. 결핍과 상처투성이였던 어린 시절을 극복하기 위해 남들보다 열심히 공부했고 의과대학에 진학했다. 그리고 지금의 남편을 만났다. 의사가 되고, 결혼을 하면 행복할 줄 알았다. 경제적 여유가 생기고 큰아이가 중학교에 입학하자 나는 미루어둔 의사 수련 과정을 시작했다. 내일을 위해서 무엇이라도 해야 했다. 행복해지기 위해서는 남들보다 경제적으로, 사회적으로, 지적으로 우월해야 할 것 같았다. 내 나이 마흔 살 때의 일이다.

늦은 수련 생활은 매일 눈물을 짜야 할 만큼 서러웠다. 의대 동기들은 이미 의사로 왕성하게 활동하고 있었고, 열 살 어린 선배는 팔짱을 끼고 놀면서 라면 박스를 들고 오라거나 퇴근 후 기차표를 사오라는 등의 잡다하고 개인적인 심부름을 시켰다. 과장으로 근무하는 친구에게 부족한 의학 지식 때문에 멸시를 당하기도 했다.

전공의 시절에는 연일 당직을 섰다. 어느 날은 밀린 차트를 정리하다 깜빡 조는 바람에 시아버지 제사에 가지 못했다. 일어나보니 남편에게 문자가 열 통 넘게 와 있었다.

일은 일대로 힘들고 가정은 가정대로 금이 가기 직전이었다. 정신적으로도 힘들고 육체적으로도 느긋하게 쉬어본 적이 없었다. 바쁘고 고단한 생활 중에 건강을 잃을까 겁이 나, 새벽 네 시에 일어나 건강식을 만들고 줄넘기 천 번을 한 후에야 출근했다.

내일을 위해 오늘을 반납한 결과, 나는 의과 대학에 입학한 지 23년 만에 호스피스 의사가 되었다. 고달픈 수련의 시절을 견딜 수 있었던 건 오늘을 보상할 미래가 있다고 믿었기 때문이지만 그 과정에서 나는 분명 불행했다. 내가 믿었던 미래가 왔기에 망정이지 그렇지 않았다면 나는 어리석게 살다가 이 세상을 떠날 뻔했다.

호스피스 의사로 있으면서 천 명이 넘는 환자들을 떠나보내며 나는 나의 마지막을 상상하고 이제까지의 삶을 돌아볼 수 있었다. 그리고 내 불행의 근원은 내게 주어진 삶을 있는 그대로 받아들이지 못했던 탓이라는 것을 깨달았다. 나의 인생 목표였던 경제적 풍요, 지적 우월, 공부 잘하는 자식, 자상한 남편과 부모는 내 욕심이 만들어낸 허상이 아니었을까.

나도 언젠가는 나의 환자처럼 임종실의 주인공이 되는 순간이 올 것이다. 인생이라는 웅장한 공연의 커튼이 내려가는 순간 나는 무엇을 뜨겁게 느끼면서 육체와 이별하게 될까. 오늘을 살아가는 데 급급했던 나는 호스피스 병동에서 죽음과 죽어감을 지켜보며, 가지지 못한 것을 가지려고 고군분투하던 삶에서 벗어났다. 삶은 신생아실뿐만 아니라 호스피스 병동에서도 시작되고 있었다.

따뜻한 이야기는 따뜻한 대로, 안타까운 이야기는 안타까운 대로 소중하다. 그들이 꺼내놓은 이야기 하나하나가 우리에게 삶의 지표를 선사한다. 죽음을 지켜보면서 삶을 알게 되는 순간이다.

우울한 환자를 변화시킨 봉사자의 한마디

호스피스 봉사는 인간이 인간에게 할 수 있는 가장 고귀한 일이자 자원 봉사 중에서 가장 고생스러운 일이다. 물 한 모금 떠 마실 기운조차 남아 있지 않은 환자의 입술을 봉사자는 단비 같은 물로 적셔주고, 피고름이 줄줄 흘러나오는 몸을 정성껏 씻기고 닦아준다.

하지만 봉사자가 아무리 따뜻하게 보살펴도 환자는 떠난다. 때로는 고마웠다는 말 한마디 없이 다시 돌아오지 못할 곳으로 가버린다. 환자가 황망히 떠나고 나면 봉사자는 어디에서 보람을 느낄 것인가. 호스피스 봉사는 그 허망함과 싸우는 일이다.

불교 호스피스 봉사단의 일원으로 2년째 우리 병동에서 일하고 있는 미향 씨. 검정 안경테를 쓰고 머리카락을 학생처럼 질끈 모아 묶은 그녀는 중년에 접어든 나이임에도 불구하고 소녀처럼 순수하다. 아담한 체구에 다소곳한 인상을 가진 미향 씨지만 한번 웃음보를 터뜨리면 맨 끝의 병동까지 웃음소리가 울려 퍼진다.

지금 미향 씨는 우리 병동의 핵심 멤버로 활동 중이지만, 처음에 나는 그녀를 오해해서 살짝 싫어할 뻔했다. 미향 씨를 안 지 얼마 되지 않았을 때, 그녀가 진료실로 나를 찾아왔다.

"과장님, 303호의 갑수 아저씨는 노래를 정말 좋아하시거든요. 하루 종일 노래만 나오는 방송 채널을 알아봐주시겠어요?"

"간호사실에 부탁해보죠."

대답하는 내 목소리가 떨떠름했다. 미향 씨는 "감사합니다" 하고 말하더니 들어왔을 때처럼 불쑥 나가버렸다. 나는 그녀의 부탁이 당황스러웠다. 환자에 대해 내가 몰랐던 정보를 알려주는 것은 고마운 일이지만, 호스피스 센터장인 내게 방송 채널을 알아봐달라고 부탁하는 것은 경우가 아니라고 생각했다. 솔직히 나는 그녀가 진짜 환자를 위해서 부탁한 건지 자신이 열심히 봉사한다는 걸 과시하려는 건지 의심스럽기도 했다.

호스피스 병동이 처음 생긴 5년 전, 나는 어느 목욕 봉사 단체 때문에 불쾌한 일을 겪은 적 있었다. 그 단체가 목욕 봉사를 빌미로 자기들이 원하는 특정 종교인을 병동에 파견시켜달라고 요구했기 때문이다. 일언지하에 거절한 뒤 좋은 목욕 봉사단을 만나기는 했지만 이미 생겨버린 실망스런 마음은 쉽게 누그러들지 않았다. 미향 씨를 순수하게 대하지 못했던 내 마음의 밑바탕에는 그때 일로 인한 상처와 불신이 깔려 있었다.

무슨 일이든 시간이 흐르면 진실은 드러나기 마련이다. 초짜 의사 시절의 나처럼, 초보 호스피스 봉사자였던 미향 씨도 세련되지 못해서 종종 오해를 샀던 것 같다. 그러나 미향 씨가 봉사하러 온 지 1년쯤 지나자 내게도 그녀의 진가가 보이기 시작했다.

나는 환자에게 "편안하세요? 통증은 없어요? 다리가 부었나요?"라고 묻고 의학적인 접근을 한다. 그러나 미향 씨는 환자와 지루박을 추고 수다를 떨고 때로는 진한 음담패설도 서슴지 않는다. 불교 봉사단 일원이지만 환자가 원한다면 찬송가를 불러준다. 청국장을 좋아하는 환자를 위해 직접 만든 청국장을 병동까지 가져오기도 한다. 환자들이 미향 씨의 방식을 선호하기 때문에 이제 나도 그녀의 실력을 인정하고 신뢰하게 되었다.

마흔세 살의 위암 환자인 연숙 씨를 바꿔놓은 사람도 미향 씨였다. 내가 처음 연숙 씨를 만났을 때 그녀는 항암 치료로 머리카락이 모두 빠지고 잘 먹지 못해 광대뼈가 불거져 있었다. 그래도 내게는 흑진주처럼 반짝이는 예쁜 눈만 보였다. 건강했을 때는 미인이었을 게 분명한 그녀는 얌전하고 다소곳한 성정이었다. 병동에서 진행하는 작은 음악회나 노래 교실이 열리면 부끄러운 듯 뒷자리에 앉아 있다가 살그머니 자기 방으로 돌아가곤 했다.

그런 연숙 씨가 어느 날 노래 교실에서 머리에 반짝이 두건을 두르고 이미자의 〈동백 아가씨〉를 열창하고 있었다. 나는 반가운 마음에 말을 걸었다.

"두건이 예쁘네요. 노래도 잘 부르시고요."

"고마워요, 선생님. 여기에 와서부터는 통증이 없어져서 기분이 좋아요."

"밝아지셔서 제가 더 고마운데요."

"미향 씨가 한 말 덕분에 용기가 생겼어요. 우리 모두 가야 할 끝은 같다고, 그러니까 무서워하지 말고 그때까지 살면 된다고. 그 말이 참 마음에 와 닿았어요."

미향 씨가 퍼뜨린 행복 바이러스는 있는 듯 없는 듯 조용하던 연숙 씨를 용기 있고 적극적인 사람으로 바꿔놓았고, 무채색의 병실을 화사하게 물들였다. 미향 씨가 있는 곳을 지나칠 때마다 끊이지 않는 말소리와 웃음소리에 내 마음까지 환해지곤 했다.

벚꽃이 흐드러지게 핀 4월의 어느 날, 연숙 씨의 남편이 경주로 가족 여행을 계획했다. 하지만 연숙 씨는 고3 수험생 아들의 공부도 염려될 뿐더러 여행지에서 찾아올지 모르는 통증도 걱정이었다. 무엇보다 사람들이 자신을 어떻게 볼지 두려웠다. 초롱초롱했던 검은 눈동자는 빛을 잃어 흐릿했고, 피하지방이 빠진 눈꺼풀은 잠을 잘 때도 감기지 않았다. 형편없이 여윈 얼굴과는 반대로 하체는 퉁퉁 부어 신발조차 들어가지 않았다. 하지만 나는 그 모든 악조건에도 불구하고 연숙 씨가 가족과 여행을 다녀오기 바랐다. 사랑하는 사람들과 떠나는 짧은 여행이 연숙 씨가 혼자 가야 할 먼 길을 외롭지 않게 해줄 것이기 때문이다.

이제 그녀는 수줍음 많은 예전의 연숙 씨가 아니었다. 연숙 씨는 나의 바람대로 용기를 내어 가족과 마지막 여행을 다녀왔다. 돌아온 뒤 연숙 씨의 아들은 엄마가 잠만 잤다고 투덜거렸지만, 하루에 한두 차례 돌발성 통증이 있던 그녀가 응급약을 고스란히 남겨온 것을 보면 행복한 여행이었던 게 틀림없다. 연숙 씨가 여행지에서 꺾어온 벚꽃 가지를 작은 화병에 꽂아 창가에 올려두었더니 병실에 봄기운이 완연했다. 벚꽃 가지를 바라보며 이야기를 나누는 미향 씨와 연숙 씨의 얼굴이 봄볕보다 환했다. 두 사람은 '죽음'을 인연으로 서로의 인생을 더 깊고 풍성하게 만들고 있었다.

벚꽃이 모두 질 무렵, 연숙 씨는 가족이 지켜보는 가운데 눈을 감았다. 앙상한 모습으로 돌아올 수 없는 곳으로 떠난 아내를 보며 그녀의 남편이 말했다.

"아름답게 지는 꽃은 없어도 깨끗하게 지는 꽃은 있네요."

아들은 눈물 젖은 얼굴로 아버지의 말을 듣고 있었다. 항암 치료로 머리카락이 몽땅 빠지고 복수로 뼈만 앙상하게 남은 모습이 어떻게 아름다울 수 있을까. 젊은 날, 만개한 꽃처럼 아름다웠던 연숙 씨를 사랑했을 남편은 아내의 아름다움이 지고 난 뒤 그때와는 또 다른 애틋함으로 그녀를 보듬었다.

연숙 씨가 세상을 떠나고 한 달쯤 뒤, 미향 씨가 잠깐 이야기를 하고 싶다며 진료실로 찾아왔다.

"과장님, 지는 꽃에 대해서 어떻게 생각하세요? 연숙 씨가 떠나고부터 그 생각이 떠나질 않네요. 연숙 씨 장례에도 가고 49제에도 참석했는데 그러면서 지는 꽃에 애정이 생겨요. 요즘은 힘없이 시들어가는 꽃이 그렇게 아름다워 보일 수 없어요."

"솔직히 지는 꽃이 아름답지는 않잖아요. 아름답게 진다기보다 깨끗하게 진다는 게 맞지 않을까요?"

연숙 씨의 남편이 했던 말을 빌려 그렇게 대답하자 미향 씨는 선선히 고개를 끄덕였다. 그러나 퇴근하면서 생각해보니 센터장이라는 내 직책 때문에 미향 씨가 말을 아낀 게 아닌가 싶었다. 아름다운 것과 아름답지 않은 것 또한 내 기준일지 몰랐다.

환자들의 마지막 얼굴은 편안하다 못해 환하기까지 하다. 그 얼굴들은 우리에게 죽음 자체는 힘들지 않으니 두려워 말라고 속삭이는 것 같다. 미향 씨는 우리를 위로하는 그 얼굴에서 아름다움을 발견했을 것이다.

피고 지는 꽃처럼, 나타났다 사라지는 무지개처럼, 사람도 태어나고 자라고 늙고 죽는다. 말기 암 환자의 외향이 아무리 추하게 변해가더라도 묵묵히 자연의 섭리를 따르는 그 모습을 아름답지 않다고 말할 수는 없을 것이다. 그리고 무엇보다 아름다운 것은 자연의 이치에 따라 스러져가는 존재를 아름답게 여기는 미향 씨의 마음이 아닐까.

"미향 씨가 한 말 덕분에 용기가 생겼어요. 우리 모두 가야 할 끝은 같다고, 그러니까 무서워하지 말고 그때까지 살면 된다고. 그 말이 참 마음에 와닿았어요."

편안한 죽음을 맞이하는 환자들의 공통점

나는 드라마를 좋아한다. 책도 좋아하고 영화도 좋아하지만 드라마는 크게 시간을 내거나 마음을 먹지 않지 않아도 집에서 텔레비전을 켜는 것만으로 볼 수 있으니 내 일상에서 가장 손쉬운 휴식인 셈이다.

나도 대부분의 사람들처럼 해피엔딩을 좋아한다. 드라마가 이어지는 내내 주인공이 불운으로 점철된 시간을 보냈더라도 해피엔딩으로 마무리되면 문득 안도하게 되는 것이다. '다행이야, 이제 주인공은 행복해지겠구나' 하고.

호스피스 병동에 근무하면서 '마지막 회'가 중요한 건 드라마만이 아니라는 걸 깨닫는다. 호스피스는 인생의 마지막

회다. 허구인 줄 알면서 드라마조차 해피엔딩으로 마무리되기를 바라는 게 사람 마음인데, 현실의 마지막은 말해 무엇하랴. 통증 없이 편안하게 죽음을 맞이하는 것, 그것이 우리 모두가 바라는 해피엔딩일 것이다.

나는 이곳에 와서, 편안하게 삶을 끝내는 환자들에게 공통점이 있다는 사실을 알게 되었다. 그들은 요즘 유행처럼 번지는 웰 다잉 지도자 자격증을 보유한 것도 아니고, 입관체험도 해본 적 없다. 사전 의료 지시서나 유서 등으로 삶을 미리 정리해둔 사람들도 아니다.

하지만 그들은 두 가지를 정확하게 알고 있었다. 첫 번째는 자신이 암에 걸렸고 더 이상의 적극적인 치료가 무의미하다는 사실이고 두 번째는 죽음은 인생의 실패가 아니라 누구나 거쳐가야 하는 과정이라는 사실이다.

사랑하는 사람을 먼저 떠나보냈거나 죽음에 가까이 있었던 사람은 자연스레 긍정적인 죽음관에 이르는 것 같다. 자식을 앞세운 부모나 장애가 있는 사람이 편안한 죽음을 맞이하는 경우를 종종 보았다. 하지만 보통 사람들은 자신의 마지막이 가까워져서야 죽음에 대한 생각을 한다. 긍정적인 죽음관도 나쁜 소식을 안 후에야 가능하다. 그러나 나쁜 소식을 알리는 것은 가족 사이의 정이 두터운 우리나라 사람들이 가장 어려워 하는 일이다. 하지만 중요한 건 나쁜 소식을 모르는 사람에게는 긍정적인 죽음관도 없다는 것이다.

"아버지는 평소에도 성격이 급하고 성마른 분이셨어요. 말기 대장암이라는 걸 알면 견디지 못하실 거예요."

"보호자 분께서는 배가 많이 아프셨던 적 있으신가요? 그럴 때 병원에 가서 초음파를 하거나 위장 내시경을 해보셨지요? 어떠셨어요? 원인과 병명을 정확하게 알고 나면 약을 먹지 않아도 통증이 조금 덜해지지 않던가요? 아버님도 마찬가지예요. 아무것도 모르시기 때문에 자신에게 나타나는 증상이 더 무섭고 두려우실 거예요. 그동안 아버님께서 얼마나 많은 검사를 받으셨어요. 분명히 아버님도 어떻게 된 일인지, 왜 이런 일이 생기는지 알고 싶으실 거예요."

"아버지도 벌써 눈치 챘을지 몰라요. 저희가 간접적으론 알려드렸거든요."

"사람들은 자신이 듣고 싶은 것만 듣고 믿고 싶은 것만 믿으려고 해요. 천천히, 하지만 정확하게 알려드리는 게 중요합니다. 보호자 분이 허락하시면 제가 도와드릴게요."

"그래도…… 판단이 서질 않네요. 더 나빠지시는 건 아닌지……."

"나빠지지 않더라도 처음 며칠 동안은 당연히 많이 힘들어하실 거예요. 그때는 저희가 같이 도와드려야죠. 때로는 약물도 도움이 되고요. 사실을 숨길 때는 진심의 말을 건네기 어렵지만 환자가 사실을 알고 나면 대화도 쉬워져요. 그렇게 며칠만 견디면 대부분 평안을 찾아요. 오히려 고마워하시기도 하구요. 다소 거칠거나 모가 난 성격이었던 분이 삶을 돌아보면서 따뜻하게 변하는 경우도 많아요."

보호자와 이런 대화를 나누는 자리에서 나는 늘 말이 많아진다. 애타는 마음으로 부탁하고 설득한다. 포기하지 말아야 한다. 내 말에 따라 누군가의 마지막이 달라지기 때문이다.

나쁜 소식을 알면 불안해할 것이라는 예상과 달리 왜 환자들은 더 편안해질까? 나는 그것이 '진실의 힘'이라고 생각한다. 암 환자를 나약한 존재로 단정 짓지 않고 아프기 전과 같은 인격체로 본다면, 우리는 환자에게 앞으로 일어날 일들에 관해 정확한 정보를 제공해야 한다.

아버지에게 치료가 무의미하다는 말을 해도 불효자식이 아니다. 아내에게 남은 시간이 많지 않다는 말을 해도 잔인한 남편이 아니다. 우리는 그를 사랑하지만, 나쁜 소식을 알려야 한다. 우리는 그를 사랑하므로, 나쁜 소식을 더욱 알려야 한다. 남은 시간이 많지 않다는 것을 알게 된 환자는 그의 성정대로 뒷정리를 할 것이다. 누군가는 책상 서랍을 깨끗이

치워놓을 것이다. 누군가는 소원했던 사람들을 만날 것이다.

가족들의 심정에 비하겠느냐마는, 아침저녁으로 얼굴을 마주하는 나의 환자에게 비극적인 말을 꺼내는 것은 내게도 힘든 일이다. 나도 백색 가운을 입은 의사이기 전에 된장 냄새 풀풀 나는 한국 사람이기 때문이다. 그러다 호스피스 경험이 쌓이면서 진실을 정확하게 알고 있는 환자의 경우, 통증 조절이 훨씬 수월하다는 것을 알게 되었다. 고통과 통증의 문제에 비하면 삶을 어떻게 정리할 것인가는 오히려 나중 문제다. 사랑하는 이가 아프지 않게 떠날 수 있도록 배려하는 것, 그것이 우리가 나쁜 소식을 알릴 용기를 내야 하는 이유다.

일흔이 넘은 태호 할아버지는 기침이 심해져 병원을 찾았다. 진단 결과는 말기 폐암이었다. 이미 뼈까지 전이되어 수술도 소용없었고 항암 치료도 힘들었다. 할머니와 세 딸은 태호 할아버지가 다혈질의 불같은 성미라고 했다. 입원 첫날 할머니가 나를 찾아와 신신당부했다.

"저이가 사실을 감당하지 못할 거 같아서 저희는 알리지 않기로 했어요. 사실을 알면 안절부절못하다 일찍 세상을 떠날까봐……. 그러니까 선생님도 말씀하시면 안 돼요."

"할머니, 할아버지를 걱정하시는 마음은 충분히 이해합니다. 하지만 제 경험상 말기 암이라는 사실을 알고 있는 환자는 통증과 섬망(급성 치매처럼 의식이 흐려져 대화가 되지 않고, 착각과 망상으로 헛소리를 하는 의식 장애)을 덜 겪어요. 할아버지도 지금 상황을 알고 나면 육체적인 고통에서 벗어나실 수 있어요."

"안 돼요. 저이는 자기가 폐암이라는 걸 아는 순간 바로 죽을 거예요. 꼭 비밀로 해주세요. 절대로 알리시면 안 돼요."

나는 폐암인 경우 특히 더 보호자를 설득해서 반드시 환자에게 알렸다. 폐암 말기에는 호흡 곤란이 심하기 때문에 병을 알고 있는 것이 환자에게 도움이 되기 때문이다. 자신의 몸에 일어나는 일을 알고 숨이 찬 것과 무슨 영문인지도 모른 채 숨이 찬 것은 공포의 정도가 다르다. 불안과 두려움에 시달리는 환자는 심리적인 압박감 때문에 더 숨이 차고, 숨이 차오르면 그만큼 더 불안하고 두렵다. 악순환을 거듭하면서 환자는 지쳐가고 편안한 죽음은 점점 멀어진다.

몇 번이나 할머니와 세 딸을 설득했지만 '사실을 알면 죽을 것'이라고 믿는 그분들의 마음을 돌릴 길이 없었다. 가족들은 할아버지에게 값비싼 대체요법 주사제는 놓기 원했지만 진실을 알리는 것은 원하지 않았다. 내가 정답이라 믿고 있는 것이 환자나 보호자에게는 정답이 아닐 수도 있다고 생각하며, 결국 보호자가 원하는 대로 치료할 수밖에 없었다. 하지만 태호 할아버지를 대할 때마다 마음이 한없이 무거웠다.

태호 할아버지의 오른손에는 엄지와 중지가 없었다. 두 손가락이 없는 할아버지의 손을 볼 때마다 사연이 많은 분이구나 하는 생각이 들었다. 할아버지에게는 역경에 굴하지 않고 삶을 개척해온 사람 특유의 자신감과 긍지가 느껴졌다. 훌륭하게 성장하여 출가한 세 딸과 사회적인 성공이 그가 가진 긍지의 바탕이었을 것이다. 호스피스에서도 할아버지는 적극적이셨다. 특히 '책을 읽어드릴까요?'라는 프로그램을 좋아하셨다.

어느 날 '책을 읽어드릴까요?'에서 자원봉사자가 《마법의 설탕 두 조각》이라는 책을 읽어주었다. 설탕 과자를 먹으면 소원이 이루어진다는 내용의 동화인데 할아버지는 그 이야기가 마음에 드셨나 보았다. 할아버지는 《마법의 설탕 두 조각》을 네 권 사서 손자들에게 선물했다. 태호 할아버지도 알고 계셨을까, 자신에게 남은 시간이 많지 않다는 것을. 그 네 권의 책이 자신이 줄 수 있는 마지막 선물이라는 것을…….

내가 회진을 갈 때마다 태호 할아버지는 물었다.

"의사 선생, 내가 기침이 너무 심하게 나는데 왜 그런 거지?"

"의사 선생, 어깨가 너무 아파서 잠을 잘 수가 없어. 왜 그런 거야?"

"오늘은 기침을 하는데 피가 나왔어. 왜 그런 건지 말 좀 해줘."

태호 할아버지가 그토록 답답해하는 '왜?'에 나는 아무 대답도 해줄 수 없었다. 할아버지는 물에 빠져 허우적대는 사람처럼 불안하고 가파르게 숨을 쉬었다. 할아버지가 느끼는 공포감은 익사 위기에 처한 사람보다 덜하지 않을 터였다. 그래도 나는 아무 말도 해줄 수 없었다. 할아버지는 숨이 가빠지고 기침이 터지고 피가 나올 때마다 두려워하고 초조해하셨다. 그래도 나는 아무 말도 해줄 수 없었다. 통증은 마지막까지 조절되지 않았고 할아버지는 두려움 속에서 세상을 떠났다. 끝까지 무슨 일이 일어나는지 모른 채…….

'나쁜 소식을 알면 빨리 죽는다'는 근거 없는 상식은 환자뿐 아니라 주변 사람들에게까지 악영향을 끼친다. 가족들은 자신의 병명을 모른 채 고통스럽게 떠나는 환자를 통해 죽음은 힘들고 무서운 것이라 인식하게 되고, 자신의 마지막을 긍정적으로 마무리할 기회마저 놓쳐버린다.

나쁜 소식을 알릴 때, 나는 환자가 감당할 수 있을 만큼 매일 조금씩 알린다. 죽음의 5단계 가운데 첫 단계가 '부정'이라고 하지만, 환자는 천천히 자신에게 다가온 죽음을 받아들이면서 '긍정적인 죽음관'과 맞닿아 있는 '수용'으로 나아간다. '부정'은 단지 나쁜 소식을 모르기 때문에 생기는 단계가 아닌가 싶다.

몇 년 전만 해도 암이라면 무조건 쉬쉬하는 분위기였지만, 암의 생존율과 완치율이 높아지면서 사실을 전하는 보호자가 많아졌다. 그러나 환자에게 '암'이라는 소식까지는 알리더라도 '말기 암'이라는 극도의 나쁜 소식은 여전히 전하기 어려워한다. 항암제가 듣지 않는 말기 암 상태가 되면 우리는 다시 처음처럼 망설인다. 알려야 하나 숨겨야 하나.

여든 살인 현우 할아버지는 서울의 대학병원에서 말기 췌장암 진단을 받았다. 공무원으로 한평생을 살아온 할아버지는 평소에도 자신의 몸에 문제가 생기면 사실대로 알려달라 말씀하셨다고 한다. 할아버지의 뜻에 따라 맏딸이 모든 사실을 찬찬히 말해주었다. 할아버지는 큰 흔들림 없이 담담히 받아들이셨다.

현우 할아버지는 암성 통증이 심해지자 호스피스에 들어왔다. 첫날 "어디가 가장 불편하세요?" 하고 묻자 병의 진행

상황을 정확하게 이해하고 있었던 할아버지는 자신의 증상을 자세히 말씀해주셨다.

"배 안쪽에 묵직하게 눌리는 게 있어. 뭐라고 표현은 잘 못하겠는데 난생처음 겪는 느낌이야. 이게 밤에는 더 심해져서 도통 잠을 잘 수가 있어야지. 뭘 먹으면 더 답답해지고. 서울의 병원에서 패치를 줘서 붙였더니, 통증은 덜한데 몸이 왜 그렇게 가라앉는지. 차라리 아픈 게 낫지 하루 종일 축 처져서 잠만 자니까 그것도 못할 짓이더라고. 잠 안 오는 약은 없는가?"

"복부에 기분 나쁘고 묵직한 통증이 있고, 밤에는 더 심해지고, 진통제를 쓰면 졸리신 거네요?"

"옳지, 그거야."

"할아버지가 졸리신 건 진통제 부작용 때문에 그런 건데요, 어떤 약이라도 약간의 부작용은 있을 수 있지만 그 때문에 할아버지께 꼭 필요한 약을 빼버리면 좋지 않답니다. 어떤 경우라도 제가 적절하게 조절해드릴 테니까 저를 믿고 진통제를 쓰시면 좋겠어요. 잠이 오는 증상을 예방하는 약과 같이 써볼게요. 통증을 조절하는 과정에서 한 번씩 아플 수도 있는데요, 그때는 한밤중이라도 미안해하지 마시고 꼭 저희에게 말씀해주셔야 해요."

워낙 점잖은 분이라 한밤중에 돌발성 통증이 왔을 때 무턱대고 참으실까봐 그렇게 당부했다. 일주일이 지나 졸리지도 않고 돌발성 통증도 겪지 않게 되자 그는 진료실로 나를 찾아왔다.

"오늘 오후에 내가 시내에 마지막으로 볼일이 있거든. 외출을 허락해줬으면 좋겠어."

나는 외출을 허락해드렸고 할아버지는 짧은 외출 후 다시 입원실로 돌아오셨다. 퇴근하기 전에 할아버지의 병실 앞을 지나면서 보니 할아버지는 창밖을 바라보고 계셨다. 창밖의 나무며 하늘을 바라보고 있는 것 같기도 했고, 아무것도 바라보지 않고 혼자만의 상념에 빠져 계신 것 같기도 했다. 나는 할아버지의 볼일이 무엇이었을지 내심 궁금했다.

며칠 후 서울에서 내려온 맏딸이 눈물을 글썽이면서 말했다.

"아버지가 우리 삼남매한테 선물을 하나씩 보내셨어요. 그게 아버지의 마지막 선물이겠죠?"

그날 오후 자식들에게 줄 선물을 신중히 고르고 계셨을 할아버지의 모습이 눈에 선했다. 그의 마지막 볼일은 자신이 떠난 뒤 남을 사람들을 위로하고 다독이는 일이었던 것이다.

'책을 읽어드릴까요?'에서 자원봉사자가 읽어준 《마법의 설탕 두 조각》을 듣고 온 할아버지는 오후 회진 때 나에게 흑설탕 사탕을 두 개 건넸다.

“마법의 설탕이야. 조심해서 먹어.”

사탕 두 개, 삶의 끝에서 농담을 건넬 여유. 그것이 할아버지가 내게 건넨 마지막 선물이 아니었을까. 두 달 후 그는 말기 섬망도 없이 고요한 모습으로 임종 단계에 들어갔다.

‘이제 떠날 때가 왔다’는 것은 인생의 큰 사건이다. 환자가 이겨내지 못할 것이라는 섣부른 예단으로 숨기기만 하면 환자는 비현실적인 희망 뒤에 드러난 절망을 감내하지 못하고 자신이 처한 현실을 부정해버린다. 그렇게 환자는 남겨진 삶을 여행할 기회를 영영 잃어버린다. 나쁜 소식을 알고 난 뒤의 부정은 참된 긍정으로 가기 위한 과정에 불과하다. 그 과정은 반드시 지나간다.

죽음을 외면하는 진짜 이유는 죽음에 대한 막연한 공포와 등 뒤로 다가온 나쁜 소식의 정체를 알지 못하기 때문이다. 나쁜 소식이 그 자체로 불행은 아니다. 나쁜 소식을 불행으로 연결시키지 않기 위해선 떠나는 자에게나 남는 자에게나 슬픔을 견딜 용기가 필요하다. 머릿속이 하얗게 화하는 것 같은 슬픔이 지나가면 평온이 찾아온다. 그때가 되면 우리는 떠날 사람과 함께 죽음의 문턱에 서서 못다 한 이야기를 나누고, 응어리진 일에 관해 화해하며 서로의 슬픔을 애도하고 위로할 것이다. 그것이 진짜 해피엔딩이다.

> 아버지에게 치료가 무의미하다는 말을 해도 불효자식이 아니다. 아내에게 남은 시간이 많지 않다는 말을 해도 잔인한 남편이 아니다. 우리는 그를 사랑하지만, 나쁜 소식을 알려야 한다. 우리는 그를 사랑하므로, 나쁜 소식을 더욱 알려야 한다.

우리는 죽음 직전까지 행복해야 한다

외국의 한 여배우가 세 번 이혼했다. 기자가 인터뷰를 하면서 "왜 세 번씩이나 이혼을 하셨어요?" 하고 묻자 여배우가 대답했다.

"왜 사람들은 내가 이혼한 일만 기억하는지 모르겠어요. 나는 세 번을 뜨겁게 사랑했어요."

반쯤 찬 물잔을 보고 절반밖에 안 남았다고 말하는 사람이 있는가 하면, 절반이나 남았다고 말하는 사람이 있다. 어두운 면만 생각하면 인생은 불행으로 점철된 시간의 연속처럼 보인다. 그때의 슬픔은 단순한 슬픔이 아니라 불행의 동의어이다. 어느 순간 닥쳐온 슬픔 때문에 남은 인생이 불행으로 온통 헝클어지는 것이다.

재석 아저씨는 이른 결혼에 실패한 뒤 어린 아들을 데리고 영숙 아주머니와 재혼했다. 두 사람은 아들 둘과 딸 하나를 더 낳았고 소박한 행복을 누리며 살았다. 그런데 영숙 아주머니가 마흔 중반이던 10여 년 전, 오른쪽 가슴에 밤톨만 한 무언가가 만져졌다. 조기 유방암이라서 암세포가 있는 자리를 도려내고 건강을 되찾을 수 있었다. 두 사람은 불행 중 다행이라며 가슴을 쓸어내렸고 예전의 행복한 생활로 돌아갔다.

하지만 불운은 아직 끝난 게 아니었다. 영숙 아주머니 몰래 친형님의 보증을 섰던 재석 아저씨는 형님의 사업이 실패하자 모든 재산을 차압당했고, 가족과 함께 정든 집을 버리고 야반도주해야 했다. 완치되었다던 영숙 아주머니의 유방암이 재발한 것은 그 무렵이었다. 암은 머리와 허리뼈로 전이되었고, 전이된 부분에 방사능 치료를 했지만 결국 하반신이 마비되고 말았다. 아주머니는 중증 중풍 환자처럼 걸을 수도, 소변을 볼 수도 없었다. 하반신에는 소변 줄을 꽂았고 정신도 완전히 맑지 못했다. 방사선 치료의 후유증으로 귀가 멀어서 큰소리만 겨우 들을 수 있었다.

재석 아저씨의 머릿속에는 아내를 살려야 한다는 생각뿐이었다. 하지만 신용불량자인 그가 할 수 있는 일은 많지 않았다. 전처와의 사이에서 낳은 큰아들은 결혼을 해서 가정이 있었고, 딸과 막내아들도 독립을 해서 나름대로 잘살고 있었다. 결국 명문 대학에 다니던 둘째 아들이 학업을 중단하고 아버지를 대신해 생활전선에 뛰어들었다. 재석 아저씨는 아내를 간병하고, 둘째 아들은 자신의 미래를 포기한 채 어머니의 치료비를 벌었다.

아주머니의 투병 생활이 길어지면서 아저씨의 내면은 점점 황폐해져갔다. 형제에게 배신당한 충격과 경제적인 몰락도 견디기 힘들었지만 무엇보다 그런 일들 때문에 아내의 병이 재발한 건 아닌지 죄책감에 시달렸다. 둘째 아들에 대한 미안함도 아저씨를 괴롭혔다.

그러던 중 큰아들마저 교통사고로 갑작스럽게 세상을 떠났다. 아주머니의 병세가 악화될까봐 사실을 알릴 수도 없었다. 신용불량자인 아버지와 병든 어머니를 책임지던 둘째 아들은 이제 형수와 어린 조카까지 떠맡아야 했다. 꼬일 대로 꼬여버린 인생에 대한 아저씨의 분노와 설움은 아주머니에 대한 집착으로 변해갔다. 전국 곳곳에 안 가본 병원이 없었고 최상의 치료만을 고집했다. 그러는 사이 가정 형편은 점점 더 엉망이 되어갔다.

아내를 살리겠다는 일념밖에 없었던 아저씨가 호스피스를 거부하는 건 당연했다. 환자의 생명을 연장하는 데 연연하는 이들일수록, 호스피스를 환자의 생명을 포기할 때 가는 곳으로 오인하기 때문이다. 그럼에도 불구하고 영숙 아주머니가 내 환자가 된 것은 우연이었다. 아주머니의 주치의와 둘째 아들 사이에 불화가 생겨서 나에게 의뢰가 왔던 것이다.

영숙 아주머니는 성격이 밝고 따뜻한 분이었다. 내가 회진을 가면 웃는 얼굴로 인사했고, 고맙다는 말을 아끼지 않았다. 자신이 즐겨 먹는 과일주스를 권하기도 해서 나는 아주머니를 만나는 시간이 즐거웠다. 하지만 보호자인 재석 아저씨와 둘째 아들을 대하는 일은 쉽지 않았다. 아주머니가 아파해서 진통제를 처방하자 아저씨가 나를 찾아왔다.

"왜 진통제를 처방했죠?"

"암성 통증은 참을 수 있는 게 아닙니다. 참아서도 안 되구요. 통증 7 정도면 하루 종일 아기 낳는 고통을 겪으며 사는 것과 마찬가지입니다. 그런 상태로 내버려두는 것은 환자를 고문하는 게 아닐까요?"

"하지만 진통제를 쓰다가 중독이 되면 어떡해요? 진통제는 될 수 있는 한 마지막에 썼으면 좋겠어요."

"암성 통증에 사용하는 진통제는 중독이 되지 않아요. 암을 악화시키지도 않구요. 그러니까 마지막까지 기다리실 필요 없습니다. 또, 진짜 마지막에 진통제에 적응이 되지 않은 상태에서 약을 썼다가는 여러 가지 부작용으로 오히려 환자가 위험해질 수 있어요."

나의 어떤 설득도 진통제가 생명을 갉아먹는다는 아저씨의 생각을 바꿀 수는 없었다. 연이은 비운으로 상처투성이가 된 그의 내면은 타인에 대한 불신으로 가득 차버린 듯했다. 아저씨는 자신의 판단에 따라 아주머니에게 약을 먹였다가 먹이지 않았다가 했고, 한 알로 처방된 약을 반만 먹이거나 아예 주지 않았다.

소통이 어려운 건 아들도 마찬가지였다. 평일에는 재석 아저씨가, 주말이면 서울에서 둘째 아들이 내려와 아주머니를 간병했는데 나는 주말에 근무하지 않기 때문에 아들과 만날 수가 없었다. 집안의 경제를 책임지는 아들이 실질적인 보호자 역할을 하고 있었던 데다 예전 주치의와도 소통이 잘 되지 않았다는 것을 알고 있었기 때문에, 나는 이메일로 상담을 해주겠다고 말했다. 하지만 아무리 기다려도 메일은 오지 않았다. 아들이 항암 치료를 다시 하고 싶다고 아저씨를 통해 알려오면 소견서를 써주어야 했고, 이 약을 빼라거나 저 약을 넣으라는 아들의 지시를 아저씨가 전달하면 나는 다시 아저씨를 통해 설명을 해주어야 했다. 아들은 내가 없는 주말에는 간호사실에 들러 무슨 약을 쓰는지 조사해갔다.

보호자가 주치의 행세를 하는 상황에 나는 점점 지쳐갔다. 우리 팀 안에서도 재석 아저씨와 아들에 대한 불만의 목소리가 높아졌다. 몇 년 사이 지나치게 가혹한 일을 겪은 재석 아저씨네 가족은 이제 단 하나 남은 희망, 아주머니를 살리는 일에 필사적으로 매달리고 있었다. 하지만 안타깝게도 그것은 비현실적인 희망이었다. 병동 사람 모두를 적으로 만들어버린 두 사람이 결국 아주머니를 더 외롭고 고통스럽게 만들지 않을까 염려스러웠다. 나는 간호사들에게 어떤 일이 있어도 친절하게 대하라고 당부하고 나도 감정 조절을 하려고 애썼다. 예전 주치의처럼 나마저 아주머니를 포기해버리면 더는 그녀가 머물 곳이 없었다.

그러나 영숙 아주머니는 통증 치료를 위한 호스피스에 있으면서도 끝내 육체적인 괴로움에서 벗어나지 못한 채 고통스럽게 세상을 떠났다. 아주머니가 떠난 뒤 아주머니의 짐을 정리한 간호사가 내게 씁쓸한 사실을 전해주었다. 그동안 내가 처방했던 진통제가 고스란히 숨겨져 있더라고.

호스피스를 '죽음에 관한 동화' 쯤으로 여기는 사람들을 종종 만난다. '통증에 몸부림치던 암 환자가 호스피스에 와서 통증을 조절하고 삶을 잘 정리한 뒤 편안하게 죽었다'라는 이야기에서 사람들은 '죽었다'는 말만 기억한다. 하지만 우리가 진정 기억해야 하는 것은 죽기 직전까지 그가 어떻게 살았고 얼마나 행복했는지가 아닐까.

모든 죽음은 슬프다. 비록 슬픔 속에서 떠나더라도 우리는 죽음 직전까지 행복해야 한다. 생명을 연장시키고 죽음을 중지시키려는 열망 때문에 마지막 여행을 즐기지 못한다면 슬픔은 불행으로 변질되어 남은 삶에 시커먼 먹구름을 드리울지 모른다. 우리가 소중하게 간직해야 할 기억은, 이혼으로 종결된 결말이 아니라 뜨겁게 사랑해서 결혼한 과정, 죽음이라는 끝맺음이 아니라 죽기 전까지 행복하게 살았던 시간일 것이다.

우리가 진정 기억해야 하는 것은 죽기 직전까지
그가 어떻게 살았고 얼마나 행복했는지가 아닐까.

죽음과 죽어감에 대한 진실

춘자 아주머니는 배가 남산만 했다. 말기 췌장암이 십이지장을 침범해서 장이 꽉 막혀버렸다. 서울 모 대학병원에서 우리 병동으로 전원해올 때 이미 장 폐색이 온 상태여서 통증이 심했다. 그녀에게는 남편과 세 딸이 있었는데, 그중에서 미혼이었던 둘째 딸은 누가 봐도 병적일 정도로 엄마에 대한 애착이 심했다. 다행히 호스피스에 입원한 후 통증이 조절되고 불러오던 배도 가라앉자 춘자 아주머니와 가족은 한숨을 돌렸다. 몇 년 동안 정신없이 암 치료에만 전념했던 그들은 이제야 평온을 찾았고, 춘자 아주머니의 조금 남은 삶에도 여유가 생겼다. 그리고 행복해했다.

"아니, 이게 대체 무슨 일이에요?"

입원한 지 열흘쯤 되는 날 이른 아침에 일선 간호사한테서 연락이 왔다. 춘자 아주머니가 퇴원하고 싶어한다는 거였다.

사연을 알아보니 기가 막혔다. 둘째 딸이 대구의 모 대학병원 일반외과 교수님께 의뢰해서 수술을 하러 간다는 것이었다. 말기 암 환자에게는 의미 없는 시도였다. 나를 비롯한 춘자 아주머니의 남편도 말렸지만 둘째 딸의 고집을 꺾지 못했다. 둘째 딸은 고등학교 때 가출을 하는 등 춘자 아주머니의 속을 무던히도 썩이던 딸이었다고 했다. 불효가 한으로 남은 나머지 아직 어머니를 보낼 수 없다고 생각하는 마음은 충분히 이해하지만, 주치의로서 안타까움을 금할 길이 없었다. 얼마 남지 않은 삶 동안 어머니가 해야 할 일이 얼마나 많은데…….

결국, 그렇게 떠난 춘자 아주머니는 2주일 후 첫딸과 막내딸이 사정사정해서 이곳으로 다시 돌아오기는 했지만 이미 임종 단계였다. 병환이 심해 병원에 가서 수술도 못 하고 매일 통증에 시달리다가 이 지경이 되었다고 했다. 춘자 아주머니는 유언은커녕 의식불명 상태로 있다가 허무하게 눈을 감았다.

그 일이 있고 얼마 후 모처럼 서점에 나갔다가《죽음의 중지》라는 책을 보고 망설임 없이 사버렸다. 《눈먼 자들의 도시》를 쓴 주제 사라마구Jose Saramago의 신작 장편소설이었다. 일흔여덟의 나이로 2010년에 별세한 이 포르투갈 할아버지는 환상과 현실을 넘나드는 상상력으로 인간에 대한 성찰과 고민을 담은 작품들을 썼다. 하지만 묵직한 주제 때문일까, 내게 그의 소설은 늘 어렵다. 그래도 매번 두말없이 사게 되는 걸 보면 그의 작품에는 정독의 수고를 마다하지 않게 하는 매력이 있는 것 같다.

특히 《죽음의 중지》는 제목부터 내 관심을 끌었다. 젊은 환자나 안타까운 사연이 있는 환자가 숨을 거두면 나는 사망선언을 하면서도 마음속으로는 '죽음의 중지'를 간절히 바라기 때문이다. 제목에 이끌려 책을 집어든 나는 첫 문장을 읽고 다시 한 번 호기심을 느꼈다.

'다음 날, 아무도 죽지 않았다.'

어느 나라에서 죽음이 사라졌다. 사람들은 테라스에 국기를 걸어 '죽음의 중지'를 반겼다. 아픈 사람도 있고, 자살을 시도하는 사람도 있고, 교통사고도 일어나지만 그 누구에게도 죽음은 찾아오지 않았다. 물론 노화가 진행되어도 죽지 않았다. 불로가 아닌 불멸의 삶이었다. 이제 사람들은 죽어야 할 이들 때문에 골치가 아파지고 세상은 일대 혼란에 휩

싸인다. 누군가는 간절히 죽음을 바라고 누군가는 죽음이 있는 나라로 도피했다. 그리고 소설은 다음과 같은 문장으로 끝을 맺는다.

'다음 날, 아무도 죽지 않았다.'

첫 문장과 마지막 문장은 조사 하나 바뀌지 않은 채 똑같지만 두 문장을 읽는 독자들의 마음은 판이하게 다르다. 첫 문장이 반가웠다면 마지막 문장은 절망스럽다.

어느 설문 조사에서 평균수명이 100세로 연장되는 것이 축복이 아니라고 대답한 사람이 43.3퍼센트라는 결과를 본 적 있다. 오래 사는 것을 반기지 않는다는 조사 결과가 의미하는 건 뭘까. 대다수 노인의 우울한 노년 생활을 보여주는 건 아닌지.

늙음은 똑같은데 죽음은 늦춰진 시대, 기나긴 노년 시절을 보내야 하는 우리는 소설 속에서 일어나는 혼란과 갈등을 그대로 경험하고 있는지 모른다. 폐암 수술을 한 60대 중반의 아들이 말기 식도암인 90세 아버지를 모시고 오는 시대다.

말기 암 환자들은 거의 임종 직전까지 맑은 정신으로 살아가기 때문에 호스피스 병동은 그래도 낫다. 치매 환자들이 머무는 요양 병원에는 고함을 지르고, 대소변을 가리지 못하고, 자식조차 알아보지 못하는 사람들이 대부분이다. 과거를 기억하지 못하고, 얼마 남지 않은 미래를 생각할 수도 없다. 과거와 미래라는 양쪽 출구가 모두 막힌 채 어두운 미로를 헤매는 그들에게 과연 장수는 신의 축복일까? 결국《죽음의 중지》에서 주제 사라마구가 말하고자 한 것은 죽음의 긍정적인 의미였을 것이다.

하지만 나는 죽음의 긍정적인 의미를 이해하면서도 내 가족, 내 환자의 죽음이 여전히 두렵다. 가끔 죽어감이 길어지는 환자가 있다. "저럴 바엔 하루라도 빨리 가시는 게 낫지 않을까요?"라고 말하며 한숨을 내쉬는 보호자 앞에서 나는 긍정도 부정도 하지 못한다. 아니, 할 수 없는 것이다. 고백하건대 나는 아무리 죽어감이 길어지는 환자라도 단 한 번도 그가 조금이나마 일찍 세상을 떠나기를 바란 적 없다. 누군가는 가족이 아니라서 그렇다고 할지 모르지만 '죽어감과 죽음에 대한 진실'을 안다면 결코 그런 마음을 품을 수 없다.

죽어감과 죽음에 대한 진실에 도달하기 위해 우리는 여러 방식으로 죽음에 접근할 수 있을 것이다. 임상의학적으로만 설명하자면 임종의 단계부터 임종에 이르는 시간까지는 사람마다 다르다. 하지만 대부분 임종에 들어가기 며칠 전부터 먹고 마시고 싶은 생각이 없어지고 잠자는 시간이 길어진다. 사나흘을 내리자고 잠깐 가족의 얼굴을 알아본 뒤 다시 깊은 잠에 빠져들기도 한다.

몸은 탈수현상을 일으키고 분비활동도 이루어지지 않는다. 대소변을 볼 수 없고 폐의 점액질이 줄어든다. 그러면서 복부의 고통이 덜해지고 구토감도 없어지고 기침도 하지 않게 된다. 몸이 편안해지는 것이다. 말기 섬망이 와서 정신이 산만해지는 일도 있는데, 그럴 때 병원은 적절한 약을 쓰기도 한다. 대체적으로는 편안히 잠든 상태처럼 보인다. 그래도 가족이 애타게 부르면 눈물을 흘리는 등의 반응을 보인다.

가족들은 환자의 손을 잡고 혼자가 아니라는 것을 알려주기도 하고, 종교 음악을 틀어주거나 성경이나 경전의 구절을 들려주기도 한다. 마지막 순간이 되면 수포음이라고 하는 호흡 소리가 들리는 일도 있다. 호흡은 불안정해지고 몸과 얼굴에 불수의 수축이 일어난다. 대소변이 나오지 않고 검은 눈동자는 커진다. 근육이 이완되고 심장이 멈추면, 모든 것이 끝난다. 임상의학적인 '죽음과 죽어감'은 사람들이 생각하는 것만큼 힘들지 않다.

나는 가족들에게 이러한 과정을 의학적으로 설명하기보다는 '생명이란 별이 쇠약해질 때처럼 갑자기 빛을 잃는 일도 있고, 또 서서히 빛이 꺼져가는 일도 있다'고 은유적으로 말한다. 딱딱하고 객관적인 설명보다는 조금이나마 위로가 되기를 바라는 마음에서다.

마지막 순간이 다가오면 환자와 가족들은 함께 임종실로 간다. 이제 환자는 말을 할 기운도 눈을 뜰 힘도 없지만, 여전히 남아 있는 감정과 촉감으로 가족의 사랑과 온정을 느낀다. 사랑했던 사람이 마지막 인사를 건네면 환자의 뺨 위로 흐르는 눈물이 대답을 대신한다. 생에 어떤 불운과 상처가 있었던 그 순간만은 역설적으로 아름답다. 가족이 지켜보는 가운데 이제 그는 눈을 감는다. 암을 주렁주렁 달고 살 때는 그토록 고통스러워했는데 마지막 모습은 더없이 편안해 보인다. 죽음을 미화할 생각은 없지만, 암 환자에게는 생명이 끝나는 그 순간이 가장 편안한 듯하다.

죽음에 익숙해진 나도 죽음이 두렵기는 마찬가지이다. 대부분 가족이 모여 있는 가운데 마지막 유언을 하고 숨이 멈추어지는 임종을 기대하지만, 그런 임종은 영화나 드라마에나 있는 환상이다. 그래서 삶을 배우듯이, 죽음과 죽어감도 배워야 한다.

불확실한 미래 그리고 그렇게 행복하지 못할 것 같은 미래를 두려워하지 말고, 그저 의연하게 살아가는 것이 최선이다. 생명의 건전지가 다할 때까지 그저 '사는 것'이다.

해탈하는 것은 의연하게 죽는 것이 아니라 태연히 누군가를 도와주면서, 또는 누군가에게 도움을 받으면서 살아가는 것이다. 마지막 삶에 의미를 부여하는 것이 인간다운 죽음을 가능케 하는 핵심이다. 고무줄처럼 늘어난 수명에 '인간다움'이라는 색을 입히면, 장수는 축복이 될 수 있다.

> 죽음에 익숙해진 나도 죽음이 두렵기는 마찬가지이다. 대부분 가족이 모여 있는 가운데 마지막 유언을 하고 숨이 멈추어지는 임종을 기대하지만, 그런 임종은 영화나 드라마에나 있는 환상이다. 그래서 삶을 배우듯이, 죽음과 죽어감도 배워야 한다.

(2부)

아무리
애를 써도
누군가를
용서할 수
없을 때

태양빛에 적나라하게 드러난 죽음의
맨얼굴을 마주볼 때 우리는
죽음이 막연히 생각했던 것처럼 무섭고
끔찍하지 않다는 것을 알게 될 것이다.
어느 순간 죽음이 우리 삶을 잠식해
들어오는 것이 아니라,
삶 속에 늘 죽음이 함께 했다는 것도
깨닫게 될 것이다.
이길 수 없는 죽음과의 싸움을 멈추면
비로소 죽음도 보이고 삶도 보인다.

여보, 진작 이렇게 좀 해주지

나는 건강검진 센터와 호스피스 센터 양쪽에서 일한다. 건강검진 센터는 일반인이 더 건강해지기 위해 찾아오는 곳이고, 호스피스 센터는 투병 생활에 지칠 대로 지친 중병 환자가 삶의 마지막 주치의를 찾아오는 곳이다.

의사는 자신을 신뢰하는 단골 환자가 오면 편하다. 내가 근무하는 검진 센터는 직장 검진이 많아 매년 같은 사람들이 찾아온다. 반면 호스피스 병동을 찾는 말기 암 환자와 보호자는 극도로 예민하다. "우리는 죽어가는 사람이거나 죽어가는 사람의 보호자고, 당신들은 우리가 곧 잃게 될 것을 가지고 있지 않느냐"고 주장하면서 의료진을 적대적으로 대하기도 한다. 그래서 환자와 보호자가 나를 신뢰해줄 때까지는 말 한마디, 손짓 하나도 조심스럽다.

호스피스는 심장 수술처럼 높은 수준의 의료 행위를 요구하지 않지만, 슬픔과 분노에 젖어 있는 환자와 보호자를 상대해야 하기 때문에 어렵다. 두 센터를 오가는 내게 힘들지 않느냐고 묻는 사람들도 있지만 실상은 검진 센터로 피난(?)을 갈 수 있어 내가 호스피스 일을 견뎌내는지도 모르겠다.

호스피스는 어떤 환자에게나 첫 경험이고 대부분의 환자는 죽음을 맞이한다. 그러므로 나의 환자는 내가 아무리 잘해도 칭찬해주지 않는다. 잘못해도 비난하지 않는다. 그래서 더 잘해야 한다.

"수술이 잘 돼서 호전될 거라고 장담을 하더니 지난달에 가보니 이제는 손도 쓸 수 없을 만큼 전이가 되었대요. 얼마 전에 허리가 아프다고 했을 때 사진이라도 찍어봤으면 이런 일은 없었을 거예요. 골반뼈로 전이되었다고 하니까 그제야 혈액종양내과로 넘겼어요. 항암 치료하고부터는 상태가 더 나빠졌고요. 이럴 줄 알았으면 치료 안 받았을 거예요. 완치를 기대하고 치료받았는데 어떻게 더 나빠질 수 있어요? 어떻게 말기 암이 될 수 있냐구요?"

희망이 사라진 자리에 분노가 차오른다. 열심히 치료해준 의료진이 밉고 원망스럽다. 처음 호스피스 의사로 근무하던 시절, 나는 내 얼굴을 보자마자 불만부터 쏟아내는 환자와 보호자가 무서웠다. 그가 말기 암 환자가 된 데 나는 일말의 책임도 없는데 성난 목소리를 듣는 게 억울하기도 했다. 무엇보다 앞으로 점점 더 상태가 나빠지고 결국 죽음에 이르게 될 텐데, 그때 받을 비난이 두려웠다.

"아, 답답해! 밥을 먹고 싶다고!"

규식 할아버지가 종일 신경질을 내서 간호사들이 난처해했다. 여든두 살의 규식 할아버지는 내가 아는 모 대학병원 교수님의 환자였다. 규식 할아버지는 나한테 대놓고 3년 동안 치료한 주치의 욕을 했다. 할아버지는 식도암 환자였다. 항암 치료와 방사선 치료를 했지만 암은 너무 커져서 이제는 식사를 할 수 없게 되었다. 식도에 관을 삽입하는 스텐트stent 시술을 했지만 식사를 할 수 없기는 마찬가지였다. 규식 할아버지는 이것이 모두 완쾌를 호언장담한 주치의 탓이라고 했다.

여든두 살이면 적지 않은 나이인데도 할아버지는 자신의 죽음을 억울해했다. 그는 독실한 가톨릭 신자였다. 멀리 포항에서 평소 알고 지내던 신부님을 오시게 했지만, 죽음 앞에서는 종교도 크게 위로가 되지 못했다. 나는 호스피스 의사로서 항우울제를 사용하기 전에 일단 그의 말을 들어주는 것이 최선이라고 판단했다.

"할아버지, 속상하시죠? 저희가 낫게 하지 못해서 죄송해요."

"그래. 차라리 이럴 바에는 치료를 안 하고 그때 죽었으면 되는데. 주치의가 구십 살까지 거뜬하게 살 수 있다고 해서 힘들게 치료했는데 말이야."

"그래도 치료해서 지금까지 오신걸요. 지난달만 해도 혼자서 등산 다니시고 하셨잖아요."

"……내가 고기 몇 점 구워서 소주와 먹는 게 낙이었어."

"그럼, 소주 처방해드릴게요. 식도가 좁아져서 고기는 삼키시기 힘드셔도 고기국물은 드실 수 있어요. 고기국물과 소주 반 잔, 어떠세요?"

"……좋지."

할아버지의 분노는 거짓말처럼 수그러들었다.

쉰여덟 살의 순자 아주머니가 입원하던 날, 호스피스 병동에 한바탕 소동이 일었다. 아랫배가 불룩 튀어나온 난소암 환자인 그녀는 암성 통증이 심해서 남편과 함께 무작정 호스피스 병동 외래로 왔다. 하지만 호스피스 병동에 빈 병실이 없었기 때문에 순자 아주머니와 남편은 일반 병동에 어렵게 병실을 구했고, 4층 입원실로 가기 위해 총무과 앞을 지나는 중이었다.

그날따라 총무 팀장은 직원의 실수로 화가 많이 나 있었고 그 때문에 총무과 분위기가 좋지 않았던 것 같다. 순자 아주머니가 총무과 앞을 지나는데 반쯤 열린 문 사이에서 플라스틱 접시가 날아왔다. 화가 난 팀장이 사무실 문에 접시를 던진 것이었다. 다행히 아무도 다치지는 않았지만 고의로 접시를 던졌다고 생각한 아주머니의 남편은 총무과를 뒤집어 놓다시피 하며 무섭게 화를 냈다. 직원들이 뛰어나와 아주머니에게 던진 것이 아니라고 해명했지만 소용없었다. 내가 연락을 받고 총무과에 도착했을 때도 그는 진정이 되지 않은 상태였다. 핏대 선 목소리가 점점 커졌다.

"입원하는 환자 앞으로 물건이 날아오는 법이 어디 있소? 무슨 환자인지 알기나 합니까? 말기 암이요. 살러 온 것이 아니라 죽으러 온 환자에게 도대체 무슨 짓을 하는 거요? 원장실로 가서 직원 교육 똑바로 시키라고 해야겠소. 아니 원장실도 필요 없어. 시장실로 갑시다. 시청으로 가자고!"

나는 그의 화를 가라앉히느라 진땀을 뺐다. 총무 팀장도 쩔쩔매기는 마찬가지였다. 물론 어떤 경우라도 병원에서 물건을 던지는 상황은 없어야 했다. 하지만 고성과 욕설을 퍼부어대는 그의 분노는 지나친 감이 있었다. 그때만 해도 나는 그가 왜 그렇게까지 화가 났는지 이해하지 못했다.

순자 아주머니가 호스피스를 찾아오기 3주 전, 나는 순자 아주머니 남편을 만난 적이 있었다. 그때만 해도 순자 아주머니는 멀쩡했다. 말기 암 환자라고 하면 겉모습에도 죽음의 그림자가 짙게 드리워져 있을 것 같지만 실제로는 멀쩡해 보일 때가 많다. 그래서 환자와 보호자는 말기 암이라는 진단이 더욱 믿기지 않는다. 이렇게 잘 먹고 잘 지내는데 곧 죽을 거라니, 더구나 죽기 직전에나 간다는 호스피스로 연계한다니, 받아들이기 힘들다. 그것은 의사가 말하는 말기 암과 일반인이 생각하는 말기 암이 의미상 큰 차이가 있기 때문이다. 의학적으로 말기 암이란, 죽기 직전의 상태가 아니라 더는 항암제가 암세포를 죽이지 못하는 시기를 뜻한다.

순자 아주머니의 남편도 마찬가지였다. 그는 아주머니가 국립암센터에서 호스피스로 연계되자 딱 한 번 상담하러 갔을 뿐 병원과 연락을 끊어버렸다. 호스피스에 관해 오해하고 있었던 남편은 아주머니를 시골의 한 요양 병원으로 보냈다. 아주머니는 가족들과 떨어진 채 그곳에서 근거 없는 대체요법을 받아야 했다. 그곳에서 지내는 동안 그녀는 상태가 많이 나빠졌고 무엇보다 통증이 너무 심해졌다. 한 시간도 헛되이 보낼 수 없는 인생의 마지막 3주를 낭비해버린 셈이었다. 난소암 덩어리로 아랫배가 부풀대로 부풀어 오른 뒤에야, 그녀는 남편과 아들의 부축을 받아 호스피스 병동으로 올 수 있었다. 총무과에서 날아온 접시로 온 병동이 발칵 뒤집힌, 바로 그날이었다.

"어디가 가장 불편하세요?"

내가 순자 아주머니에게 드린 첫 질문이었다. 그녀는 내 얼굴을 물끄러미 쳐다보며 말했다.

"그냥 빨리 죽여주세요. 이렇게 아픈 것보다 죽는 게 낫겠어요. 그리고 난 저이랑 한 시간도 같이 있기 싫어요."

내가 침상 옆에 서 있는 남편과 아들을 바라보자 두 사람은 당혹스러움을 감추지 못한 채 서로의 얼굴을 슬그머니 외면했다. 죽음은 숨기고 싶었던 삶의 비밀을 서슴없이 내보인다. 이 가족에게도 말 못 할 갈등이 있는 게 분명했다.

다음 날 회진을 가보니 다행히 밤사이 통증은 없었다. 그런데 아주머니의 턱 밑으로 5센티미터 정도 찢어진 상처가 보였다. 일단 상처를 꿰매고 드레싱을 했다. 전날 아주머니는 무슨 일 때문인지 남편과 심하게 다투고 혼자 병실에 남겨졌다고 했다. 간호사의 도움을 한사코 마다한 아주머니는 결국 밤에 혼자 화장실에 가다가 넘어졌고 턱이 찢어졌다.

"괜찮아질 거예요. 별일 아니에요."

아주머니가 겸연쩍은 얼굴로 말했다. 그녀의 말처럼 턱에 난 상처는 괜찮아질 것이었다. 그러나 남편이 말기 암인 아내와 싸우고 혼자 남겨둔 것은 별일이 아니지 않았다. 공무원 시험을 준비 중인 아들, 며칠 전에 둘째를 출산한 딸, 그리고 남편……. 이 가족에게는 깊은 상담이 필요해 보였다. 걱정스러운 것은 아주머니에게 남은 시간이 많지 않다는 것이었다.

가족의 결핍과 상처를 남에게 털어놓는 것은 쉬운 일이 아니다. 아들이 내게 가족사를 들려줄 때는 수치를 떨쳐버릴 용기와 어머니를 위하는 마음이 있어 가능했을 터였다.

순자 아주머니는 폭력과 폭언을 일삼는 남편 때문에 순탄치 않은 결혼 생활을 했고, 2년 전 남편과 별거한 뒤 아들과 함께 살았다. 그동안에는 무조건 참고 견디며 가정을 유지했지만 암에 걸리고 극심한 통증이 찾아오면서 인내심이 한계에 다다른 것이었다. 게다가 남편과 아들은 사이가 좋지 않았다. 아주머니가 건강할 때는 둘 사이에서 가교 역할을 하는 그녀 덕분에 별탈이 없었지만, 병에 걸리면서 부자 관계도 위태로워졌다.

하지만 나는 얼마 되지 않는 시간이나마 순자 아주머니의 남편을 보면서, 그가 자기 나름의 방식으로 아주머니를 사랑한다고 느꼈다. 사랑하지 않는다면 무관심할 테지만 그는 아픈 아내를 등에 업고 시골에서 올라왔던 사람이었다. 아내 앞으로 접시가 날아왔다고 총무과를 뒤엎었던 사람이었다.

나는 아주머니의 남편과 상담을 했다. 그는 눈물을 글썽이며 말했다.

"나는 우리 마누라를 삶의 보석으로 생각해요. 내 방식대로 의지하고 사랑했습니다."

"그래서 더 속상하신 거죠. 죄송해요. 저희가 여기까지밖에 능력이 안 되어서. 낫게 해드려야 하는데……."

"선생님이 죄송한 거 없으세요. 저희 다 알고 있는걸요."

오히려 나를 따뜻하게 위로했다. 입원한 날 거칠게 고함치던 사람이 맞나 싶을 정도로 그의 눈빛과 목소리에서 진심이 느껴졌다. 상담이 끝날 때 그는 내게 약속해주었다. 얼마 남지 않은 아내의 삶 속에서 부드러움과 따뜻함을 보여주기로. 그리고 나는 순자 아주머니에게 부탁했다. 남아 있는 가족을 위해 마지막 선물을 준비하라고. 여느 때의 나라면 환자와 보호자에게 '얼마 남지 않은 삶'이나 '마지막 선물'과 같은 직설적인 표현을 쓰지 않았을 것이다. 그러나 이 가족

중에 가장 건강한 사람은 떠나야 하는 순자 아주머니였다. 행복의 열쇠를 쥔 사람도 그녀였다.

약속대로 순자 아주머니의 남편은 달라졌다. 움직이지 못하는 그녀를 정성껏 씻기고 닦았다. 죽을 한 숟가락씩 떠먹이고 그녀의 입가를 훔쳐주었다. 깍두기를 좋아하는 아내를 위해 직접 깍두기를 담가 와서 온 병실에 시금털털한 깍두기 냄새가 풍기기도 했다.

아주머니가 입원한 지 2주쯤 지난 어느 회진 시간이었다. 내가 병실에 들어서자 순자 아주머니는 남편과 아들을 돌아보며 환한 목소리로 말했다.

"진작 당신이 이렇게 해줬으면 얼마나 좋았어요. 정말 행복하네요. 이제 삶이 정말 조금밖에 안 남았다고 했던 선생님 말씀 기억해요. 그런데 살면서 요즘처럼 행복한 적이 없었네요. 이렇게 모두 아쉬워할 때 떠날래요. 정말 고마워요."

그녀에게 남은 빛이 거의 꺼져가고 있었다. 임종 단계에 임박한 그녀의 힘없는 목소리는, 그러나 어느 때보다 밝고 생기 넘쳤다.

하지만 부자의 묵은 갈등은 쉬이 사라지지 않았다. 임종실에서 순자 아주머니 남편과 아들이 한차례 또 부딪쳤다. 여느 가족과 같이 위로하고 식사도 챙겨주면 될 텐데, 그들은 교대로 그녀 옆에 있으며 서로를 비난했다. 나는 순자 아주머니의 마지막 말씀을 상기시켰고, 그 뒤로 그들은 같이 병실을 지켰다.

초짜 의사 시절, 나는 예민하거나 쉽게 화를 내는 환자나 보호자를 대하는 데 서툴렀고 그들과의 관계에서 번번이 실패했다. 누군가를 미워함으로써 감정을 해결하는 분노는 인간관계의 가장 큰 적이다. 우는 아이를 달래는 것보다 성난 아이에게 다가가기가 훨씬 어려운 이유는 감정이 전염되기 때문이다.

시간이 갈수록 환자의 병뿐만 아니라 그의 인생에 관해 더 많이 알아야 한다는 걸 깨닫는다. 화가 치밀어오를 때 누군가를 붙잡고 하소연하는 것이 우울증약을 처방받는 것보다 더 효과적일 수 있다. 이유 없는 분노는 없다. 진료실에서, 병실에서, 그들은 자신의 인생을 꺼내놓는다. 영혼의 가방이 열리는 순간이다.

환자나 그 가족의 분노에 대처하는 가장 좋은 방법은 무조건 미안하다고 하는 것이다. 분노가 사그라지면 삶도 보이고 죽음도 보인다. 그때 비로소 암성 통증도, 삶의 통증도 치유된다. 그래도 그에게 다가온 죽음을 내쫓아줄 수 없으니, 의사로서 나는 늘 미안하다.

"낫게 해드리지 못해서 미안해요. 그래도 아프지 않게 해드릴 자신은 있어요."

"선생님이 미안할 건 아무것도 없어요. 내 병이 원래 그런걸요. 아프지만 않으면 되죠."

환자는 미안해하는 의사를 도로 위로한다. 그들의 분노는 의료진을 향한 것이 아니라 갑자기 찾아온 죽음을 향한 것이었다. 감당할 수 없는 시련이 찾아오면 육신의 눈이 아니라 마음의 눈이 멀어버리기 때문이다. "미안해요." 그 한마디에 분노의 방향이 잘못되었다는 통찰력이 생기고 얼어붙었던 마음이 녹아내린다. 그래서 오늘도 나는 나의 환자들에게 미안하다고 말한다.

의사가 말하는 말기 암과 일반인이 생각하는 말기 암은 의미상 큰 차이가 있다. 의학적으로 말기 암이란, 죽기 직전의 상태가 아니라 더는 항암제가 암세포를 죽이지 못하는 시기를 뜻한다.

사는 것이 죽는 것보다 힘들다는 당신에게

내가 카프카의 《변신》을 읽은 것은 고등학교 때였다. 《변신》은 70페이지 남짓한 짧은 소설이지만 난해하고 어렵다. '그레고리 잠자는 어느 날 아침 불안한 꿈에서 깨어났을 때, 자신이 한 마리 흉측한 해충으로 변해 있음을 발견했다'로 시작하는 이 소설은 가족을 위해 성실하게 일하던 그레고리 잠자가 거대한 벌레로 변신한 뒤 모든 인간관계와 사회적 관습으로부터 배제된 채, 비참하게 죽음에 이르는 몇 달 간을 묘사하고 있다. 흔히 《변신》은 가정에 쓸모없는 존재로 전락한 가장을 가족들이 냉대하고 핍박하면서 간접적으로 죽인다는 내용으로 요약된다. 하지만 읽을 때마다 그 의미가 다르게 다가오는 것을 보면 삶과 인간에 대한 진실이란 한두 마디 문장으로 간단하게 정의할 수 있는 것이 아니라는 생각이 든다.

어느 날 아침 눈을 뜬 그레고리가 벌레가 된 자신을 발견하는 것처럼, 말기 암 환자가 된다는 것은 갑작스럽다. 간암에 걸린 사람이라면 황달로 온몸이 누렇게 뜬다. 척추로 암이 퍼진 사람이라면 거동도 하지 못한 채 누군가 대소변을 받아주어야 한다. 머리로 암이 전이되면 매일 아침 바위를 지고 올리는 시지프스처럼 축구공만 한 암 덩어리를 머리에 이고 지내야 한다. 대장암이 방광을 침범해 구멍을 내면 소변에서 대변이 나온다.

의사들도 말기 암의 실체를 잘 모르는 경우가 많다. 의과대학 시절이나 수련을 받을 때 보는 암은 CT나 MRI로 촬영한 사진에 불과하고 그조차 수술 후 도려낸 암이다. 나도 호스피스 병동에 근무하고 나서야 암 덩어리의 실체가 얼마나 끔찍한지 알게 되었다.

가끔 근거 없는 대체요법을 받느라 암을 키워오는 환자들이 있는데, 암세포가 겉으로 드러나면 보는 사람은 그 처참함에 자신도 모르게 고개를 돌리고 만다. 암 덩어리가 눈을 파먹고 뺨의 일부분을 녹여버리면 환자는 거울조차 볼 수 없다. 항문으로 암 덩어리가 삐져나온 대장암 환자는 앉을 때마다 정신을 잃을 만큼 극심한 통증을 느끼고 피와 고름을 줄줄 흘린다.

그런 모습으로 변신한 암 환자를, 가정에서 사회에서 소외시키는 사람들을 보게 된다. 몹쓸 병이라며 전염되지 않는데도 가까이 가기를 꺼린다. 인간관계에서 배제된 암 환자가 급기야 스스로를 삶으로부터 격리시키는 경우도 본다. 환자가 아직 살아 있는데도 죽은 사람 취급하는 모습을 볼 때 분노와 함께 서글픔이 밀려온다. 신의 축복인지 저주인지 모르겠지만 말기 암 환자의 대부분은 정신이 맑다. 외양은 벌레지만 정신은 인간인 그레고리 잠자처럼.

말기 암에 걸리면 외양만 변하는 게 아니라 지독한 냄새를 풍기는 경우도 있다. 냄새 때문에 환자와 가족은 병실에서 죄인 아닌 죄인이 된다. 경제적인 여유가 있다면 1인실을 사용할 수 있겠지만 그렇지 않으면 죽기 전까지 이 병원 저 병원을 떠돌아다녀야 한다. 같은 병실의 환자가 비난을 해도 대꾸할 말이 없다.

말기 자궁암 환자인 송이 할머니가 그랬다. 평온관에 왔을 때 할머니는 암세포가 신장과 대장으로 전이되어, 양쪽

신장에 소변 줄을 연결하고 인공 항문에 대변 주머니를 찬 상태였다. 내가 진료를 하려고 해도 대변 주머니를 보여주지 않았고 몸을 웅크린 채 짜증만 내셨기 때문에 나는 할머니의 정신이 온전치 못한 건 아닐까 생각했다. 곧바로 신경과에 치매 검사를 의뢰했고 섬망과 우울증에 대처하는 약을 썼다.

며칠 후 할머니가 입원해 있는 303호에 역겨운 냄새가 가득 찼다. 먼저 입원해 있던 간암 환자와 유방암 환자가 무척 힘들어했다. 알고 보니 할머니는 치매나 섬망 때문에 진료를 거부했던 게 아니었다. 이전 병원에서 냄새로 인해 상처를 받고 퇴원하셨기 때문에 또 같은 일을 겪을까봐 두려우셨던 것이다. 입원 상담을 하러 왔던 아들이 귀띔해주었다면 좋았을 텐데 입원을 거부당할까봐 말을 아낀 듯했다.

내가 일하는 대구 의료원 호스피스 병동에는 냄새나 섬망이 심한 환자가 무료로 사용할 수 있는 2인실이 있다. 나는 송이 할머니를 그 병실로 옮기기로 했다. 하지만 2인실은 이미 다른 환자가 사용 중이었고, 송이 할머니를 옮기기 위해서는 그분의 이해와 허락이 필요했다. 한 달 동안 혜택을 받으셨으니 할머니를 위해 양보해달라고 부탁했지만 그 환자는 절대 방을 옮길 수 없다고 반발했다.

환자에게 남은 시간이 길지 않은 호스피스 병동에서는 하루하루가 중요한데 송이 할머니는 냄새로 전전긍긍하며 힘든 시간을 보내고 있었다. 나는 결정을 내려야 했다. 2인실 환자와 보호자에게 무조건 303호로 옮기라고 단호하게 말씀드린 뒤 할머니를 2인실로 옮겼다. 아무도 자신을 손가락질하지 않는 곳, 누구도 코를 틀어막고 고개를 돌리지 않는 그 작은 공간에서 할머니는 비로소 안도했다. 그리고 스스럼없이 자신의 몸을 나에게 보여주었다. 상태를 보니 다행히 치료만 열심히 하면 냄새에서 벗어날 수 있을 것 같았다. 무거운 짐을 내려놓은 듯한 할머니의 얼굴을 보니 나도 마음이 놓였다.

할머니의 병실을 나와 303호 앞을 지나는데, 내키지 않게 병실을 옮겨야 했던 젊은 유방암 환자의 울음소리가 들렸다.

"내가 2인실을 써야 되는데 왜 늦게 온 할머니한테 그 방을 양보하라는 거예요?"

그녀는 서러움에 북받쳐 엉엉 울기 시작했다. 그녀는 이미 2인실을 경험했고 여러 병실을 옮겨다닌 적도 있었다. 나는 303호로 들어가서 살짝 병실 문을 닫았다.

"할머니가 2인실로 가신 뒤 정말 편안해하세요. 이 결정을 받아들이기 힘드시겠지만 이해해주셔서 정말 감사합니다."

호스피스에 있는 사람들은 말기 암을 받아들이기까지 수많은 시련과 고통을 이겨낸 승자들이다. 나는 그 모든 환자에게 솜이불처럼 따뜻한 의사이고 싶었다. 그럼에도 나는 할머니를 상처받지 않게 하려고 그녀에게 상처가 될지 모르는 말을 했다. 훗날 내가 환자가 되었을 때 냄새 때문에 사람들로부터 따가운 눈총을 받고 이곳저곳을 떠돌아다녀야 한다면 슬픔과 서러움으로 뼛속까지 시릴 것 같았다. 젊은 유방암 환자는 마지막 묵어가는 여관(호스피스 어원) 주인의 속마음을 알았을까. 나는 상처 주고 싶지 않은 내 진심이 그녀에게 가닿기 바랐다. 오후 회진 때 303호에서는 다시 웃음소리가 들려왔다. 그녀에게 진심으로 고마웠다.

나도, 당신도, 마지막 순간 벌레로 변신한 그레고리가 될지 모른다. 암 환자가 되면 상상할 수 없는 통증 때문에 사는 것이 죽는 것보다 힘들게 느껴지고, 그러다 보면 어느 순간 자살을 떠올리게 될 수도 있다. 암이 턱 뼈를 침범해 얼굴 아랫부분이 몽땅 내려앉고 치아와 혀, 뼈와 근육 신경이 통째로 드러나 보이는 상태에서도 자식에게 상처를 줄까봐 자살할 수 없다는 어느 가장을 보면서 나는 진심으로 존경심을 느꼈다. 해부가 끝난 카데바(해부 실습용 시체)와 다르지 않은 모습으로 변한 뒤에도, 가족들에 대한 사랑과 의무를 내려놓지 않는 그 환자야말로 우리 시대의 그레고리 잠자가 아닐까.

30년 만에 다시 《변신》을 읽으며 나는 벌레로 변한 그레고리가 우리 시대의 말기 암 환자라고 느낀다. 살아 있음에도 암 환자를 관계로부터 고립시키고 삶으로부터 유리해버리는 사회적 분위기도 그레고리의 이기적인 가족들과 다르지 않다고 느낀다. 3명 중 1명이 암에 걸리는 현실에서 암 환자의 현재는 우리의 미래일 수 있다. 우리는 타인의 현재를 우리의 미래를 위해서라도 도와야 한다. 사회봉사의 거대한 치유력만이 카프카가 경고한 인간 소외의 고리를 끊을 수 있고, 마지막에 몬스터로 변할지 모르는 우리를 구원해줄 수 있다. 그때 삶은 살 만한 가치가 있는 곳이 될 것이다. 부디 행복한 몬스터들이 많아졌으면 하는 바람이다.

> 암이 턱 뼈를 침범해 얼굴 아랫부분이 몽땅 내려앉고 치아와 혀, 뼈와 근육 신경이 통째로 드러나 보이는 상태에서도 자식에게 상처를 줄까봐 자살할 수 없다는 어느 가장을 보면서 나는 진심으로 존경심을 느꼈다.

환자 앞에서 돈 때문에 싸우는 가족

호스피스 병동은 삶과 죽음의 교과서다. 처음 호스피스 생활을 시작한 5년 전까지만 해도 나는 나의 테두리를 벗어난 타인의 삶에 대해 잘 알지 못했다. 내가 호스피스 병동에서 배운 것은 행복, 애정, 이해, 연민처럼 따뜻한 단어들만이 아니다. 나는 이곳에 와서야 사람과 사람 사이에 씨실과 날실처럼 촘촘히 얽힌 돈과 사랑, 그것들이 빚어낸 갈등과 비극에 관해 알게 되었다. 좋은 사람들이 주변에 있으면 죽음과 죽어감은 왔던 곳으로 돌아가는 안식이 되지만, 갈등이 있는 가족은 죽음을 비극으로 만든다. 안타깝지만 그 또한 인생인 것이다.

어느 토요일 오전, 서울의 한 대학병원에서 말기 췌장암 환자의 소견서를 팩스로 보내왔다. 그리고 몇 시간 뒤 환자의 아들인 정일 씨가 입원 상담을 위해 나를 찾아왔다. 정일 씨는 30대 중반쯤으로 보였고 작달막한 키에 다부진 근육질 몸매였다. 등산복 차림으로 땀 냄새를 풀풀 풍기며 진료실로 들어서는 첫인상이 낯익어서 찬찬히 뜯어보니, 예전에 만났던 다른 환자의 보호자와 체격이며 얼굴이 무척 흡사했다. 전과자 출신에 성격이 거칠었던 그는 술을 마시고 병동에서 자주 난동을 부렸고 다른 환자와 보호자들을 불안에 떨게 했다. 그 보호자 때문에 마음 졸였던 기억이 남아서인지 정일 씨를 본 순간 가슴이 철렁 내려앉는 것 같았다.

소견서대로라면 정일 씨 어머니는 호스피스 병동에 입원하는 데 아무 문제가 없어 보였다. 이상하게 들리겠지만 임종이 너무 가까이 다가온 환자는 호스피스에 들어올 수 없다. 오자마자 임종을 맞이하는 환자를 보면 이미 입원해 있는 환자들이 상처를 받기 때문에, 호스피스에는 삶의 마지막 시간을 즐길 여력이 있는 환자들만 입원이 허락된다. 나는 입원 허가를 한 뒤 새로운 환자를 기다렸다.

정일 씨의 어머니인 명희 아주머니는 항암제 때문에 머리카락이 다 빠진 모습으로 호스피스에 들어왔다. 서울로 떠난 지 두 달 만이었고 상태는 떠나기 전보다 훨씬 나빠져 있었다. 어머니가 대구 근처 시골에서 3,000평이 넘는 땅에 농사를 지었다는 정일 씨의 말처럼, 간병인을 대동하고 나타난 명희 아주머니는 부잣집 마나님 같은 분위기였다. 하지만 어두운 낯빛에 웃음기라고는 전혀 없었고 나지막한 말소리는 들릴까 말까 했다. 통증이 별로 없는 것은 다행이었지만 겨울도 아닌데 손과 발에 두꺼운 장갑과 양말을 착용했고, 복수인지 암 덩어리인지 알 수 없지만 배가 잔뜩 부풀어 있었다. 그녀는 내 앞에서도 장갑과 양말을 벗지 않았고 배도 보여주지 않았다. 처음에 나는 아주머니가 내성적이고 조용한 성격인가 보다고만 생각했다.

입원한 지 일주일쯤 지나자 정일 씨의 아버지가 왔다. 간병인이 떠나자 아버지와 큰 누나가 번갈아가며 명희 아주머니를 돌보았고 가끔 작은 누나가 오기도 했다. 정일 씨가 밤에 와서 자고 간 적도 있었는데, 가끔 술에 취해 들르면 다른 보호자와 사소한 말다툼을 벌인다고 간호사들이 말해주었다.

명희 아주머니는 목욕 봉사도 받지 않았고 환자들이 참여하는 프로그램에도 나가기 싫어했다. 그래도 발 마사지는 받겠다고 해서 봉사자가 마사지를 해드렸다. 나중에 들으니 봉사자에게 5만원을 기부하셨다고 했다. 아주머니뿐 아니라 가족들 중 얼굴이 밝은 사람이 없었다. 다른 사람들을 의심하고 경계하는 빛이 역력해서 나를 비롯한 의료진들은 명희 아주머니의 가족들을 대하는 게 조심스러웠다.

환자 상태에 대해 상담하기로 한 날은 정일 씨의 누나들만 왔다. 입원 상담을 하던 날 정일 씨가 말해준 바로는 결혼한 두 누나가 있고, 그중 이혼 소송 중인 작은누나가 투병 생활 동안 어머니를 돌보았다고 했다. 또 정일 씨는 어머니가 한평생 소처럼 일만 했는데 그런 어머니가 아프자 아버지가 다른 여자와 바람을 피웠다며, 자기는 세상에서 어머니를 가장 사랑하고 아버지를 가장 미워한다고 했다. 누나들과 한 시간 가량 이야기를 나누었지만 그녀들은 첫날 정일 씨가 말해준 가족 간 문제에 대해 전혀 입을 열지 않았다.

명희 아주머니가 입원한 지 한 달쯤 지났을 때였다. 오후 회진을 마치고 추가 처방을 내고 있는데 아주머니가 있는 병실에서 날카로운 말소리가 들려왔다. 무슨 일인가 싶어 달려가 보니 정일 씨의 아내와 작은누나가 목소리를 높여가며 말다툼을 하고 있었다. 올케와 시누이 사이에 욕설 섞인 고성이 오가더니, 정일 씨가 병실을 나가는 작은누나를 쫓아가서 머리채를 움켜쥐었다. 이번에는 남매 사이에 격렬한 몸싸움이 일어났다. 누나가 동생에게, 동생이 누나에게 저주 담긴 폭언을 퍼부으며 주먹을 휘둘렀다. 큰누나와 내가 아무리 말려도 막무가내였다. 경비원이 달려오고 나도 큰소리를 내어 겨우 싸움을 말릴 수 있었다.

한숨 돌리고 나서 병실을 보았더니 명희 아주머니가 고개를 푹 숙인 채 침대에 앉아 있었다. 지금까지는 통증이 잘 조절되었었는데 그날 저녁 그녀는 호스피스에 들어온 이래 가장 심한 통증을 겪었다. 죽어가는 상황에서 자식들의 서슬 퍼런 싸움을 목격해야 했던 어머니의 마음은 어떠했을까. 또, 같은 병실에 있는 사람들에게 그녀는 얼마나 부끄러웠을까. 통증이 가신 뒤에도 고개를 숙이고 웅크려 있는 아주머니가 가엾어서 나는 한동안 내과 병동으로 그녀를 옮겼다.

그들이 싸운 이유는 재산 상속 때문이었다. 나로서는 자세한 이유를 알 수 없지만, 작은누나가 어머니 명의로 된 집을 자기 명의로 옮기면서 싸움이 벌어진 것 같았다. 나는 정일 씨에게 어떤 일이 있어도 어머니 앞에서 흥분하거나 싸움을 하지 않기로 다짐을 받아냈다.

하지만 돈이 얽힌 문제는 한번에 해결되지 않는 것인지, 아주머니를 내과 병동으로 옮긴 다음 날 그곳에서도 작은누나와 정일 씨 사이에 한바탕 싸움이 일어났다. 내과 병동 수간호사가 문제 환자의 주치의인 내게 항의를 해와서, 나는 정일 씨와 함께 수간호사를 찾아가 사과했다. 정일 씨는 내게 한 번만 더 이런 일이 있으면 퇴원하겠다고 말했지만 이 가족의 싸움에 휘말린 이틀 동안 나도 덩달아 기진맥진이었다. 죽어가는 어머니 앞에서조차 무서운 증오를 드러내는 남매를 보고 나니, 내 몸에 덮인 의사 가운이 더없이 무겁게만 느껴졌다.

다음 날 회진 시간이었다.

"선생님과 둘만 할 얘기가 있는데요……."

명희 아주머니는 내가 오기를 기다리고 있었던 듯했다. 남편이 자리를 피해주자 그녀는 환자복 윗도리에서 만 원권 지폐를 열 장 꺼내더니 내 가운에 쑥 집어넣었다.

"고마워서 그러는 거니까 무조건 받아요. 사양하지 말고……. 응?"

주머니 속에서 만져지는 지폐의 빳빳한 감촉이 이물스러웠다. 그러나 나를 올려다보는 아주머니의 눈빛에서 절실함이 느껴져 나는 그 돈을 도로 꺼내지 못했다. 그녀는 병실 밖에서 무슨 일이 일어나는지 다 알고 있었던 것이다.

그 후로도 아주머니는 미안하거나 고마울 때마다 불쑥 돈을 건네 나를 당황스럽게 했다. 시골에서 농사를 짓다가 땅값이 오르는 바람에 벼락부자가 된 그녀의 삶이 엿보였다.

자기 힘으로 감당할 수 없는 일이 생길 때면 돈으로 해결해 보려고 했던 그녀의 인생이 가슴 아프게 다가오기도 했다. 거미줄처럼 얽힌 돈과 사랑은 한 여인이 혼자 힘으로 풀어낼 수 없는 갈등이 되어 인생의 끝에서 폭발하고 있었다.

한동안은 잠잠했다. 강물 밖에 서 있는 나는 수면 아래에서 무슨 일이 일어나는지 알 수 없었지만 적어도 밖에서 보기에 정일 씨의 가족은 아주머니가 처음 입원했을 때처럼 고요해 보였다. 정일 씨에게 넌지시 물어보니 작은누나가 원하는 쪽으로 재산 문제가 정리된 듯했다. 이제 내가 정일 씨 가족들에게 바라는 것은 모든 갈등이 근본적으로 해결되는 것이 아니었다. 나는 그저, 아주머니가 떠날 때까지만이라도 가족들이 싸우지 않기를 바랐다. 아주머니가 삶의 부채를 털어내고 떠날 수 있기를 기도했다.

내과 병동으로 간 지 일주일 만에 명희 아주머니는 호스피스 병동으로 돌아왔다. 이제 그녀는 봉사자들이 해주는 목욕도 받았고, 도와주는 사람들에게 희미하게나마 웃음을 보여주기도 했다. 하지만 암 덩어리 때문에 배는 나날이 부풀었고 기력도 눈에 띄게 쇠약해졌다. 내일도 아주머니를 만날 수 있을까 하는 생각이 들 만큼 그녀의 상태는 하루가 다르게 나빠져갔다.

정일 씨와 아버지는 아주머니의 사후에 대해 의논하다 다시 한 번 목소리를 높였다. 매장을 하자는 정일 씨와 화장을 하자는 아버지 사이에 고성이 오가더니 결국 아버지의 뜻대로 화장이 결정되었다. 아버지는 간병인을 원하는 아주머니의 의견도 묵살했다. 그의 목소리에 점점 힘이 들어가기 시작했다.

어느 날 퇴근을 하면서 명희 아주머니의 병실 앞을 지나가는데 욕설 섞인 큰소리가 들려왔다. 정일 씨의 아버지가 작은누나의 멱살을 잡아 흔드는 광경을 보고 나는 할 말을 잃었다. 그들은 정말 잊은 것일까. 자기들 앞에 임종 직전의 환자가 있다는 사실을. 말도 할 수 없고 배가 부풀대로 부푼 채 죽어가는 사람이 있다는 것을.

"당신이 잘못 키워서 애가 저 모양이잖아!"

정일 씨의 아버지는 아주머니에게 소리친 뒤 병실을 나갔다. 이제 와서 죽어가는 사람을 탓하는 게 무슨 소용인가. 죽음 직전까지 화해하지 못하는 갈등을 품고 있으면서 왜 평생 부부로 살아왔는가. 인간과 인간관계에 대한 기대와 희망이 무너지고 삶이 허망하게만 느껴졌다.

아주머니를 떠나보내고 한동안 자책감에 시달렸다. 호스피스 의사로서 내가 서툴고 부족하게만 느껴졌고, 삶과 사람에 대해 회의가 들기도 했다. 아주머니가 다니던 교회의 전도사님과 그녀를 진심으로 돌봐준 봉사자와 대화를 나누면서, 가엾은 아주머니의 영혼을 위로했고 나도 위로받았다. 아주머니가 내게 건넸던 돈은 그녀의 이름으로 봉사단에 기증했다.

며칠 뒤 정일 씨의 큰누나가 사망진단서 때문에 병동에 들렀다. 항상 침묵으로 일관하던 그녀였다.

"더 잘 돌봐드렸어야 하는데 죄송합니다. 아주머니가 편하게 떠나시지 못한 데 제 책임이 큰 것 같아서……"

내가 사과를 하자 누나는 무거운 입을 열었다.

"다 저 때문이에요. 제가 아버지 딸이 아니거든요. 우리 엄마, 저 데리고 총각한테 시집가서 한평생 힘들었어요. 남들이 보기엔 부잣집 딸이지만 전 고등학교 졸업하고 공장에 다녔어요. 재산 문제로 시끄러웠던 것도 아버지가 저한테 돈을 안 주려고 그런 거예요. 엄마는 아버지한테 다른 여자 있는 거, 오래 전부터 알고 있었어요. 이렇게 될까봐 엄마는 일찍부터 부동산이며 재산들을 엄마 앞으로 해두었던 거예요. 엄마가 취해놓은 조치들 때문에 저도 재산권을 행사할 수 있었지만 좋은 게 좋다고 생각해서 참고 있었어요."

"왜 말씀해주지 않으셨어요? 그동안 이야기할 기회가 많았잖아요. 그러면 제가 더 따뜻하게 모셨을 텐데. 진작 알았으면 더 잘해드렸을 텐데……. 정말 미안해요."

"미리 말하지 못해서 제가 더 미안해요. 이런 말 하는 게 쉽지 않았어요. 동생도 이혼 문제랑 뒤엉켜서 많이 복잡했고요. 걔가 욱하는 성질은 있지만 전 동생이 좋아요. 아버지가 저 보고 '얘는 네 언니 아니다' 그래도 '아버지 딸은 아니라도 제 언니는 맞아요'라고 받아치는 애예요. 그동안 과장님이 우리 엄마한테 잘해줘서 정말 고마웠습니다."

나는 눈시울이 붉어졌다. 명희 아주머니의 한 많은 삶이 눈앞을 스쳐갔다. 자존심을 지켜줘서 고맙다며 돈을 넣어주던 아주머니의 마음이 그립고, 끝까지 지켜주지 못해서 정말 미안했다.

> 내가 호스피스 병동에서 배운 것은 행복, 애정, 이해, 연민처럼 따뜻한 단어들만이 아니다. 나는 이곳에 와서야 사람과 사람 사이에 씨실과 날실처럼 촘촘히 얽힌 돈과 사랑, 그것들이 빚어낸 갈등과 비극에 관해 알게 되었다.

죽음의 존엄성을 지켜주는 사람들

경기도 포천에는 '죽이는 수녀들'이 있다. '마리아의 작은 자매회'가 운영하는 모현 호스피스의 수녀님들이 바로 '죽이는 수녀들'이다. 이 수녀님들은 모현 호스피스의 이야기를 담은 책을 펴냈다. 책의 제목도《죽이는 수녀들 이야기》이다. 대학로에서 〈죽이는 수녀들 이야기〉라는 연극이 성황리에 공연되기도 했다. 사람들이 나를 '죽이는 의사'로 여기는 것처럼 모현의 수녀님들은 '죽이는 수녀'로 불린다. 여기에서 '죽인다'는 말은 생물학적인 죽음을 다룬다는 의미도 되지만 재미있다, 대단하다, 끝내준다는 뜻이 더 크다. 나는 스스로를 '죽이는 의사'라고 말할 때 사망진단서보다 행복 처방전을 더 많이 쓰고 있다는 긍지를 느낀다. 짓궂은 사람들이 "무엇을 죽이세요?" 하고 물을 때 빙긋이 웃기만 하는 모현 호스피스의 카리타스 수녀님도 같은 마음일 것이다.

나는 5년 전 대구의료원에서 처음 호스피스 병동을 만들었을 때 호스피스 의사 생활을 시작했다. 나도 그렇지만 병원 입장에서도 호스피스가 처음인 셈이었다. 나는 잘하고 싶은 욕심에 벤치마킹을 하려고 전국의 호스피스를 찾아다녔다. 가장 유명한 모현 호스피스도 꼭 한 번 가보고 싶었지만 대구에서 포천까지는 다섯 시간을 가야 하는 먼 길이었다.

당시 나는 호스피스 고위 과정을 배우느라 목요일마다 대구에서 KTX 열차를 타고 일산의 암센터에 갔는데, 일산에 다녀오는 길에 포천에 들르면 시간을 절약할 수 있을 것 같았다. 어느 목요일, 나는 일산에서 밤 열 시에 수업을 마친 뒤 심야버스로 의정부까지 갔다. 낯선 도시의 모텔에서 혼자 하룻밤을 묵고 다음 날 아침 일찍 시외버스를 타고 포천으로 향했다.

아침 햇살을 받은 모현 호스피스는 구석구석이 반짝였다. 빨간 벽돌집, 넓은 마당, 모현은 병원 같지 않은 병원이었다. 수녀님들이 얼마나 정성을 들이는지 먼지 하나 없이 모든 물건이 반들반들했다. 정원에는 잘 가꾸어진 색색가지 꽃이 만

발해 있었고 마당 한 켠의 텃밭에는 환자들이 가꾸는 채소가 심어져 있다. 어느 곳을 둘러봐도 자연이 주는 평화로움이 가득했다.

그곳에서 정원을 거니는 환자를 따라다니며 회진하는 의사 선생님을 보았다. 마사지를 받으며 향기로운 아로마 냄새에 취해 잠들어 있는 환자를 보았다. 또 순백의 성모 마리아 동상이 서 있는 정원에서 살랑이는 봄바람을 맞으며 대화하는 사람들을, 한 방에 모여 노래를 부르고 웃음을 나누는 사람들을 보았다. 그토록 평화로운 병원의 모습을 본 건 태어나서 그때가 처음이었다. 나는 신선하고 즐거운 충격에 휩싸였다.

성직자이자 사회복지사인 카리타스 수녀님은 나를 위해 아주 작은 것까지 세심하게 설명해주었다. 수수한 외모에 아름다운 미소를 가진 그녀가 있어 모현이 더욱 빛나 보였다. 호스피스를 떠날 때 나는 카리타스 수녀님에게 이렇게 말했다.

"나는 대구에서 여기보다 더 좋은 호스피스를 만들어야겠어요."

어린아이처럼 당돌한 내 말에 카리타스 수녀님은 싱긋 웃으셨다. 그때 내가 말한 '좋은 호스피스'란 무엇이었을까. 근사하고 번드르르한 곳, 누가 봐도 감탄하고 부러워할 만한 곳이 아니었을까. 하지만 지금은 안다. 좋은 호스피스의 필

수조건은 외양이 아니라는 것을. 그 해답을 가지고 있는 사람은 의사나 성직자가 아니라 호스피스 대상자인 환자라는 것을. 환자와 보호자가 원하는 일을 하고 지역사회와 잘 어울리는 호스피스가 참다운 호스피스라는 사실을 깨달은 건 그로부터 많은 시간이 지나서였다.

메리 포터는 예수님의 임종을 함께 했던 소수자들의 정신을 따르겠다는 의미로 1877년 7월 2일 '마리아의 작은 자매회'를 설립했다. 예수님의 임종 순간 갈바리 산에는 예수님의 어머니와 몇몇 여인들, 그리고 제자 요한이 있었다. 마리아의 작은 자매회는 예수님과 성모님의 뜻에 따라, 하느님의 자비로 영원한 생명을 얻기를 기도하며 죽음을 맞이하는 사람들에게 예수님의 치유가 있음을 전한다.

대부분의 수녀님들은 검은색, 흰색, 회색 등 무채색 베일을 쓰지만 마리아의 작은 자매회 수녀님들은 하늘색 베일을 쓴다. 죽음을 상징하는 검은색은 임종을 앞둔 사람들을 위한 활동에 적합하지 않다는 이유에서다. 방문객이 검은색 옷을 입고 문병을 오면 환자들은 싫어한다. 검은색 옷을 입은 방문자에게 "워이, 워이" 하며 노골적으로 손을 내젓는 환자들도 있다. 유럽에서도 '블루 시스터Blue sister'가 마리아의 작은 자매회를 뜻하는 걸 보면 색에 대한 느낌은 우리나라나 외국이나 다르지 않은가 보다.

우리나라에서 마리아의 작은 자매회가 활동을 시작한 것은 1965년 강릉시 홍제동 갈바리 의원이었다. 그리고 1987년 서울 답십리에 설립된 모현 가정 호스피스가 우리나라 최초의 호스피스다. '어미 언덕'이라는 뜻의 모현母峴은 갈바리 언덕에서 예수의 죽음을 지켜보던 성모님의 마음을 한문으로 표현한 것으로, 수도회의 설립 정신과 사도직에 대한 설명을 들은 어느 스님이 작명해주신 것이라고 한다. 포천에 있는 지금의 모현 의료센터가 설립된 것은 2005년의 일이다.

나는 마흔다섯 살에 가정의학과 전문의가 되었다. 남들보다 늦어도 한참 늦은 나이였다. 힘든 수련 생활을 마친 뒤 하고 싶은 일이 호스피스라니, 남편부터 아이들까지 반대하지 않는 가족이 없었다. 죽음을 다루기 때문에 힘들 것이라는 게 이유였다. 하지만 나는 가족의 반대를 무릅쓰고라도 그 일을 하고 싶었다. 인턴 시절에 만난 어느 담낭암 환자 때문이었다.

한때 교회 목사님이었던 할아버지는 복부에 담즙을 배출하는 관을 꽂고 있었다. 암세포가 섞인 빽빽한 담즙이 관을

막으면 새 관을 시술해야 하기 때문에 나는 매일 관을 식염수로 씻어냈다. 호스 밖으로 담즙이 새어나와 하루에도 수십 차례 거즈를 갈아야 했다. 식염수를 넣다 빼는 간단한 치료도 할아버지는 무척 힘들어했고, 암성 통증이 조절되지 않으면 미친 듯이 고함을 질렀다. 그런 할아버지를 보고 그의 직업을 믿는 사람은 아무도 없었다. 문병 온 사람들이 복도에서 수군대는 모습을 볼 때마다 마음이 시려왔다. 인과응보로 암에 걸리는 게 아닌데도, 죄를 지었기 때문에 몹쓸 병에 걸린 것처럼 죄인 취급을 당하던 목사님이 내 마음에 오래 남았다. 가정의학과 전문의가 된 후 암성 통증의 97퍼센트를 현대 의학으로 조절할 수 있다는 것을 알고 나는 그 일을 하기로 결심했다. 목사님처럼 고통받는 암 환자들에게 인간의 존엄성을 찾아주는 일이 무엇보다 가치 있게 느껴졌다.

남편은 조금 하다 지치면 그만둘 거라고 생각했는지 심드렁했고, 아이들은 한밤에 걸려오는 응급 전화에 불평을 해댔다. 가족 누구에게도 격려받지 못한 채 눈치만 보며 시작한 호스피스 생활이지만 나는 주문에 걸린 것처럼 끌려갔다. 내가 환자를 진료하는 게 아니라, 자석의 N극과 S극처럼 환자가 나를 끌어당기는 것 같았다. 나는 점점 호스피스 일을 '하는 것'이 아니라 '해야 하는 것'이라고 느꼈다.

삶에 대한 욕심으로 가득했던 나는 호스피스 생활을 하면서 달라졌다. 여유가 생겼고 넉넉해졌다. 내가 가지지 못한 것을 가지기 위해 발버둥치지 않았고, 내일을 위해 오늘을 희생시키지 않았다. 달라진 아내와 엄마를 보고 가족들도 호스피스에 눈을 뜨기 시작했다.

얼마 전 대구에서 꽤 먼 모현 호스피스를 다시 다녀왔다. 운전을 하는 사람은 한때 호스피스의 '호'자도 꺼내지 못하게 했던 남편이었고 뒷좌석에는 호스피스 봉사를 권할 때마다 입이 잔뜩 튀어나오던 아이들이 앉아 있었다. 우여곡절 많았던 5년의 시간이 지나고, 가족과 함께 모현에 가는 것은 내게 기적이자 축복 같은 일이었다.

이번의 모현 방문은 업무 때문이 아니라 아들 녀석 때문이었다. 예전부터 아들에게 호스피스 봉사를 시키고 싶었는데 내 직장에서 아들이 봉사활동을 하면 보호자나 환자가 힘든 일을 선뜻 맡기지 못할 것 같았고, 아들도 엄마 직장이라고 태평스럽게 굴 것 같았다. 그래서 생각한 곳이 모현이었다.

카리타스 수녀님은 방학 동안 철없는 아들 녀석에게 호스피스 봉사를 시키고 싶다는 내 부탁을 흔쾌히 들어주셨다. 아들은 호스피스 봉사보다 봉사가 끝난 뒤 서울에서 친구를 만날 일에 더 들떠 있는 대학 1학년생이다. 아직 내켜하지 않지만 자의든 타의든 고귀한 일을 계속하다 보면 성숙해지지 않을까.

다시 찾은 모현은 5년 전과 변함이 없었다. 자연과 가까운 곳에 병동을 마련하고 싶다는 마음이 커져가는 나로서는 늘 부러운 곳이다. 수녀님들의 정성도 여전해서 우리가 앉은 손님용 테이블은 반지르르하게 윤기가 흘렀고, 일요일인데도 봉사자들이 와서 음식 재료를 다듬고 있었다. 카리타스 수녀님은 직접 내린 향기 좋은 커피를 내려놓으며 카랑카랑한 목소리로 말했다.

"호스피스는 하느님이 뿌려놓은 마약이야. 하다 보면 멈출 수가 없거든. 김여환 선생님도, 나도 벌써 중독된 거야."

"그런가 봅니다, 수녀님. 제가 김여환 선생 남편입니다."

그토록 호스피스를 반대하던 남편이 수녀님에게 인사를 건넸다.

호스피스는 사람들이 마지막으로 묵어가는 여관이다. 여관의 시설이 아무리 좋아도 주인의 마음이 따뜻하지 않으면 손님들이 불편할 텐데, 훌륭한 여관에 따뜻한 수녀들까지 있으니 모현은 완벽한 호스피스다. 모현 호스피스의 '죽이는 수녀들'과 대구의료원의 '죽이는 의사'인 나의 공통점은 죽음을 밝게 만들기 위해 노력한다는 것이다. 삶을 침범하지 못하게 하려고 죽음을 어두운 자루 속에 우겨넣어도 죽음은 사라지지 않는다. 죽음을 없애지 못할 바에는 밝은 곳으로 끌어내는 게 좋지 않을까? 태양빛에 적나라하게 드러난 죽음의 맨얼굴을 마주볼 때 우리는 죽음이 막연히 생각했던 것처럼 무섭고 끔찍하지 않다는 것을 알게 될 것이다. 어느 순간 죽음이 우리 삶에 잠식해 들어오는 것이 아니라, 삶 속에 늘 죽음이 함께 했다는 것도 깨닫게 될 것이다. 이길 수 없는 죽음과의 싸움을 멈추면 비로소 죽음도 보이고 삶도 보인다.

> 삶에 대한 욕심으로 가득했던 나는 호스피스 생활을 하면서 달라졌다. 여유가 생겼고 넉넉해졌다. 내가 가지지 못한 것을 가지기 위해 발버둥치지 않았고, 내일을 위해 오늘을 희생시키지 않았다.

인생의 끝자락에 찾아오는 분노의 시간

금자 할머니처럼 좋은 사람은 없었다. 할머니는 스무 살을 갓 넘겼을 때 종갓집 맏며느리로 시집 와서 다섯 명의 시동생과 시누이를 시집장가 보내고, 자신이 낳은 육남매도 훌륭하게 키워냈다. 수십 명의 일가친척이 모이는 제사만 한 달에 두 번 이상이었고, 변변찮은 살림살이에 시동생들의 사업 자금까지 대야 했다. 하지만 불평 한 마디, 싫은 내색 한 번 비친 적 없는 금자 할머니였다.

“괜찮아요”는 금자 할머니의 입버릇이었다. 힘든 시집살이 중에 시어머니에게 호되게 혼이 나도 “괜찮아요, 내가 부족해서 그래요” 하고 스스로를 탓했다. 시동생들 공부시키느라 정작 할머니의 자식들에게 쓸 학비가 없어도 "괜찮아요" 하고 웃어넘겼다. 며느리가 끼니를 못 챙기면 "괜찮다, 그렇잖아도 라면이 먹고 싶었어" 하고 말하는 너그러운 시어머니였다. 평생을 주기만 하고도 모자라, 팔십을 넘기고 머리가 하얗게 센 지금도 그녀는 여전히 받는 것 없이 베풀기만 하는 사람이었다. 깊게 파인 주름 속에 미소가 새겨진 얼굴, 그게 우리가 알고 있는 금자 할머니였다.

한 달 전쯤 금자 할머니는 잠을 이루지 못할 만큼 배가 아파 병원에 갔다. 췌장암 말기였고 간과 쓸개, 십이지장까지 전이된 상태였다. 고령이라 항암치료도, 수술도 힘들었다. 진통제를 먹은 다음부터 배를 칼로 도려내는 듯한 암성 통증은 없어졌지만, 가족들은 할머니에게 이 사실을 어떻게 전해야 할지 고민스러웠다. 며칠을 망설인 끝에 할머니의 큰아들이 나쁜 소식을 알려드렸다.

"어머니, 놀라지 마세요. 어머니가 암에 걸렸대요. 지난번에 배가 많이 아팠던 건 사실 위염이 아니고 췌장암 때문이에요."

할머니가 대답이 없자 아들은 고개를 숙였다.

"저희가 부족해서 편찮으신 거 같아 송구스럽습니다. 죄송해요, 어머니."

"괜찮다. 알고 있었어. 배가 많이 아파서 입원했을 때 너희가 수군거리는 게 하도 이상해서 눈치 챘어. 그리고 암이니까 그렇게 아팠겠지."

"알고…… 계셨어요?"

"응, 알고 있었어. 너희 잘못이 아니다. 하늘이 이제 그만 살고 오라는 것을 사람이 어떻게 막겠어."

아들을 바라보는 할머니는 평소의 인자한 눈빛 그대로였다. 아들이 흐느끼자 할머니는 아들의 등을 토닥였다. 몇 번이고 "괜찮다, 괜찮아" 하고 중얼거리며 오히려 자식을 위로했다.

그랬던 금자 할머니가 변해도 단단히 변했다. 식사가 5분만 늦어져도 벼락같이 고함을 질렀다. 잠이 와도, 잠이 안 와도 어린아이처럼 칭얼대며 짜증을 부렸다. 손자가 다가와도 귀찮아했고 자식들이 기분을 풀어주려 해도 모조리 못마땅해했다. 금자 할머니의 남동생이 암에 좋다는 홍삼을 가져오자 할머니는 자식들을 보며 동생이 들으라는 듯 욕을 했다.

"쥐새끼 같은 놈. 그만큼 말했으면 알아들어야지, 너희 외삼촌은 왜 자꾸 먹기 싫은 걸 권하는지 모르겠다. 어릴 때부터 지지리도 말을 안 듣더니 어쩜 나이가 들어도 저 모양이냐."

할머니의 남동생은 난생처음 보는 누나의 모습에 얼굴이 하얗게 질렸다. 할머니의 아들과 며느리에게 왜 얼른 병원으로 모셔가지 않느냐고 버럭 화를 낸 뒤, 그는 무안한 얼굴로 자리를 피했다. 아들과 며느리는 금자 할머니 때문에 처음으로 기진맥진이었다. 치매에 걸린 건 아닌지 걱정스럽기도 했다. 가족들이 힘들거나 말거나, 금자 할머니는 무언가에 단단히 화가 나서 끊임없이 불만을 쏟아냈다.

외래 예약 날짜도 아닌데 금자 할머니와 아들이 진료실로 찾아왔다. 금자 할머니는 여전히 토라진 얼굴이었고 아들의 얼굴엔 근심이 가득했다. 할머니가 말했다.

"나는 괜찮은데 애들이 왜 자꾸 병원에 가자고 그러는지 모르겠네. 이젠 배도 안 아픈데……."

할머니는 길게 한숨을 내쉬고는 "그래, 별거 있나. 안 아프면 되지, 그렇지?" 하며 자신도 모르게 흘러내리는 눈물을 훔치셨다.

"그래요, 할머니. 안 아프면 되죠. 힘드시죠?"

내가 할머니의 두 손을 꼭 잡았더니 할머니는 나를 물끄러미 바라보며 미소 지으셨다. 그래도 눈으로는 여전히 울고 계셨다.

그날 병동에는 아로마 발마사지 프로그램이 있었다. 나는 할머니를 프로그램에 참여시켜드린 뒤 아들만 진료실에 남게 했다. 그간의 마음고생이 심했는지 아들의 얼굴이 수척했다.

"참 이상해요. 어머니께 처음에 암이라고 알려드렸을 때는 오히려 저희를 위로하실 만큼 침착하셨거든요. 그래서 저는 내심 '역시 우리 어머니다'라고 생각했어요. 그런데 요즘은 매일 짜증을 내시고 어제는 생전 안 하던 욕까지 하시더라구요. 어머니의 이런 모습 처음 봤어요. 혹시 치매가 온 건 아닐까요?"

"연세가 있으니 그럴 수도 있겠죠. 하지만 치매는 그렇게 갑자기 오지 않아요."

"그럼, 왜……."

"우리는 죽음이라는 큰 문제 앞에서 5단계의 변화를 겪는다고 해요. 첫 번째 단계인 부정은 자신의 병을 부인하는 시기죠. 내 진단서가 다른 사람의 것과 바뀐 건 아닐까, 의사가 오진을 한 건 아닐까, 그런 생각을 하면서 현실을 믿지 않는 거예요. 분노는 두 번째 단계죠. 현실을 받아들이고 나면 '왜 하필 내가' 하는 억울한 마음이 들면서 주변의 모든 사람들에게 화가 나요. 어머니는 바로 이 단계를 겪고 계세요. 하지만 너무 걱정하지 마세요. 분노의 단계가 지나면 타협과 우울의 단계를 거쳐서 수용의 단계에 이르게 되는데, 그때가 되면 다시 편안해지실 거예요."

금자 할머니의 화난 목소리는 그녀가 마음을 앓는 소리, 아니 인생을 앓는 소리였을 것이다. 한평생을 인내하고 양보하며 살아왔는데 벌써 가야 한다니, 화가 나고 혼란스러웠을 것이다. 살아온 날과 상관없이 혼자 걸어가야 할 길이 두렵기도할 것이다. 삶의 끝에서 평생 해본 적 없는 욕도 하고 화도 내는 것은 치매가 아니라 사람이기에 당연한 일이다.

말기 암 환자의 삶을 그린 한 영화에 '시한부 인생을 산다는 것은 매일 심장에 대못을 1센티미터씩 박는 일이다'라는 대사가 나온다. 하지만 현실은 다르다. 나쁜 소식을 알게 된 환자는 잠시 동안 깊은 고뇌에 빠지지만 곧 자기만의 방식으로 죽음을 받아들인다. 평소에도 남 탓을 하고 까다롭게 굴었던 환자는 자신의 죽음이 다른 사람 때문이라는 듯 가까운 사람들을 괴롭힌다. 성격이 자상했던 환자는 얼마 남지 않은 삶을 함께 해주는 이들을 배려하면서 죽음을 받아들인다. 평생을 통해 형성된 성격은 마지막이라고 해서 크게 바뀌지 않는다.

나는 가족을 위해 평생을 아름답게 살아온 금자 할머니가 분노의 과정도 잘 극복하시리라 믿었다. 분노의 과정이 지나가면 불가피한 현실을 피해보기 위해 타협을 시도할지도 모른다. 타협의 과정이 지나가면 슬픔에 젖어 망연자실할 수도 있을 것이다. 하지만 그 모든 과정이 지나가면 우리가 알던 금자 할머니가 돌아오실 것이었다. 나는 할머니에게 가벼운 항우울제를 처방해드리면서 가족들에게 할머니를 믿고 기다리라는 처방을 함께 내주었다. 2주 뒤 나는 외래로 약을 받으러 온 할머니의 큰며느리로부터, 인자한 금자 할머니가 돌아왔다는 반가운 소식을 들었다.

나는 욕하는 환자가 좋다. 화는 울거나 웃는 것처럼 자연스러운 감정이다. 인생의 끝자락에서 찾아오는 분노의 시간도 마찬가지이다. 평생을 통해 가슴 밑바닥에 축적된 시리고 아픈 상처들은 분노의 시간을 거쳐 풀리고 사라질 수 있다.

> 금자 할머니의 화난 목소리는 그녀가 마음을 앓는 소리, 아니 인생을 앓는 소리였을 것이다. 한평생을 인내하고 양보하며 살아왔는데 벌써 가야 한다니, 화가 나고 혼란스러웠을 것이다.

(3부)

그래서
오늘이 마지막
이었으면 하는
극단적인
바람이 들 때

죽음은 호스피스 병동에만 찾아오는 것이 아니다.
밥을 먹다가, 잠을 자다가, 운전을 하다가,
죽음이 가자고 하면 우리는 두말없이 따라가야 한다.
행복하게 죽는 방법은 없어도
서로의 도움으로 행복하게 살아가는 방법은 많다.

환자와 의료진의 관계

사람들은 저마다 다르다. 생김새도, 성격도, 살아온 인생도 각양각색인 사람들이 하나로 어우러지기는 결코 쉽지 않다. 하지만 전혀 불가능하지도 않다. 청주 여자 교도소의 실화를 바탕으로 각색한 영화 〈하모니〉는 바로 그런 이야기다. 제각기 다른 사연을 가지고 있는 죄수들이 노래를 통해 하나가 된다. 영화는 자기들만의 지옥을 가진 이들이 음악이라는 끈으로 하모니를 이루는 과정을 보여준다.

교도소에서 아들 민우를 낳은 재소자 정혜(김윤진 배우)는 법에 따라 18개월 후면 민우를 입양 보내야 한다. 어느 날 교도소 소장은 정혜에게 합창단 결성을 제의하면서 합창단이 성공하면 민우와 특별외박을 보내주겠다고 약속한다. 전직 음대 교수이자 사형수인 문옥(나문희 배우)이 지휘를 맡고, 오합지졸이던 합창단은 점차 아름다운 화음을 만들어나간다. 합창단이 성공한 뒤 정혜는 약속대로 민우와 하루 동안 특별외박을 나가게 된다.

등장인물 중 특히 나의 관심을 끌었던 사람은 전직 음대 교수인 문옥이다. 그녀는 사형 당하기 직전까지도 합창단을 지휘하며, 희망이라고는 찾아볼 수 없던 교도소를 밝고 환하게 만든다. 언제 죽을지 모르는 무섭고 초조한 상황이지만 그녀는 음악을 통해 타인에게, 또 자기에게 삶의 의미를 부여한다.

호스피스 병동도 〈하모니〉와 크게 다르지 않다. 환자들은 암이라는 무거운 짐을 가지고 인생의 마지막 여관에 속속 도착한다. 그들이 짊어지고 온 짐 꾸러미에는 암도 있지만, 인생을 지나오는 동안 자기도 모르게 쑤셔 넣은 슬프고 아픈 사연도 있다. 의료적, 사회적, 영적인 돌봄을 통해 이들의 얼마 남지 않은 삶을 어루만지는 것이 호스피스 의료진의 일이다.

서른여덟 살의 미숙 씨는 초등학교 6학년 딸아이를 둔 엄마다. 그녀는 스물여덟 살 때 유방암 진단을 받았고 10년이라는 긴 시간 동안 수술과 항암치료를 씩씩하게 견뎌왔다. 가슴과 척추로 전이된 암 세포 때문에 골절이 생겨 자그마하던 키는 더 작아졌고, 부드러운 긴 머리카락도 항암제와 맞바꾸었다. 하지만 예쁜 딸과 남편이 있어 그녀는 길고 긴 투병생활을 견뎌낼 수 있었다. 그러나 몇 달 전 폐까지 암세포가 전이되면서 더 이상의 항암치료는 그녀를 힘들게만 할 뿐이었다. 투병생활이 길었던 그녀에게 호스피스 의사인 나는 '죽음의 사자'처럼 보였을 것이다. 생명을 연장시키던 항암치료를 중단했으니 내가 아무것도 해주지 않는 것처럼 보였을지도 모르겠다. 그러나 그녀와 내가 해야 할 일은 앞으로가 더 많았다.

미숙 씨는 호스피스에 입원한 뒤 침상에만 틀어박힌 채 병실 밖으로 나가지 않았다. 나는 우선 그녀의 통증과 숨이 차는 증상을 조절했다. 그리고 남편에게 병에 걸리기 전 미숙 씨가 어떤 성격이었는지 물어보았다. 쾌활하고 남에 대한 배려가 깊은 사람이었다고 했다. 내가 해야 하는 일 가운데 하나가 발병 전 성격을 찾아주는 것이다. 입원한 지 열흘쯤 지났을 때 통증이 없어졌고 그녀는 차츰 병실 밖 출입도 하기 시작했다.

어느 아침, 출근했더니 미숙 씨가 병동 복도에서 울고 있었다. 어린아이처럼 엉엉 소리를 내며 우는 그녀가 너무 서글퍼 보여 나는 가운으로도 갈아입지 못하고 그녀 옆에 쪼그려 앉았다. 한참을 앉아 울음이 그치기를 기다렸지만 그녀는 떼를 쓰는 아이처럼 소리 높여 울기만 할 뿐이었다. 재차 무슨 일인지 물어보았더니 그녀가 울먹이며 대답했다.

"어제 링거를 맞았는데 링거가 잘못 들어갔어요. 링거 맞은 데가 볼록 부었다구요."

그녀의 말처럼 오른쪽 팔뚝이 동전만 한 크기로 부어 있었다. 미숙 씨 남편은 그녀의 뒤에 우두커니 서서 어쩔 줄 몰라 하고 있었다. 밤새 그녀를 간병한 남편은 이제 간병인과 교대하고 일하러 갈 시간이었지만 울고 있는 아내 때문에 발길이 떨어지지 않는지 출근을 망설였다. 동네에서 중국음식점을 경영하는 그는 하루 문을 닫으면 손해가 컸다. 어차피 남편이 옆에 있다 해서 해결될 일이 아니라서, 나는 그의 등을 떠밀다시피 해 출근을 시키고 다시 미숙 씨 옆으로 다가갔다. 그녀는 울음 섞인 목소리로 말했다.

"어제 간호사가 링거를 잘못 놓았어요. 그 간호사는 내가 미운가 봐요."

"어쩜, 미안해요."

"어떡해요. 팔이 이렇게 부었어요."

울음소리는 잦아들었지만 미숙 씨의 눈은 여전히 젖어 있었다. 나는 그녀의 눈에 드리워진 두려움의 그림자를 보았다. 미숙 씨가 두려워하는 것은 링거나 간호사, 팔의 붓기가 아니었다.

"미숙 씨, 조금만 생각을 바꿔볼까요? 링거 맞은 자리가 부었다고 우는 환자는 없어요. 링거를 잘못 놓은 간호사가 미운 게 아니라 또 나쁜 일이 생길까봐 무서운 거죠? 하지만 그렇지 않을 거예요. 부은 자리는 따뜻한 수건으로 찜질하면 금방 좋아져요."

건강검진 센터 일을 마치고 호스피스 병동에 들렀을 때 미숙 씨는 '행복한 노래 교실'에 있었다. 얼마 전만 해도 노래 교실이 시끄럽다고 병실 문을 꼭 닫고 귀마개까지 했던 그녀였다. 그런 미숙 씨가 그날은 사람들과 어울려 〈무조건이야〉를 열창하고 있었다. 빠른 곡이라서 숨은 차 보였지만 노래를 부르는 미숙 씨의 얼굴은 아침과 전혀 딴판이었다. 우리끼리만 행복한 게 미안해 미숙 씨의 모습을 휴대폰 카메라로 찍어 미숙 씨 남편에게 보냈다. '〈무조건이야〉 불렀겠죠. ^^' 라는 답장이 왔다.

죽음은 호스피스 병동에만 찾아오는 것이 아니다. 밥을 먹다가, 잠을 자다가, 운전을 하다가도 죽음이 가자고 하면 우리는 두말없이 따라가야 한다. 행복하게 죽는 방법은 없어도 서로의 도움으로 행복하게 살아가는 방법은 많다. 죽음은 긴 인류 역사 속에서 해결되지 않은 주제지만 이곳에서 환자와 의료진은 '죽음'을 통해 하나가 된다. 호스피스 밖에서 우리를 보면 한쪽은 죽어가는 사람들이고 한쪽은 살아 있는 사람들처럼 보일 것이다. 그들의 눈에 우리는 물과 기름처럼 섞이지 못할 존재겠지만 환자와 의료진은 조화를 이루며 하모니를 연주한다. 죽음은 혼자 가는 길이지만 혼자 가는 길이 아니다. 이 낯설고 외로운 길 어딘가에서 내가 당신을 지켜보고 있음을 깨우쳐주는 것, 그것이 진정한 사랑이다. 함께하면 무섭지도 외롭지도 않다.

죽음은 긴 인류 역사 속에서 해결되지 않은 주제지만 이곳에서 환자와 의료진은 '죽음'을 통해 하나가 된다.

죽음이 아니라
삶의 완성을 준비하는 곳

하루 중 태양이 가장 찬란할 때는 태양이 지기 직전인 석양 무렵이 아닐까. 어둠을 몰아내고 세상에 빛과 온기를 나눠준 태양은 하루 일과에 지친 우리를 위로하듯 지평선 너머로 스러지며 어느 때보다 밝고 붉게 타오른다. 죽음 직전의 시간은 종종 석양에 비유되지만 마지막이라는 부정적인 의미 때문인지 우리는 석양의 황금빛 대신 어두운 검정색을 떠올린다. 무채색으로 뒤덮인 '인생의 석양'에 본래 색깔을 찾아주는 일, 나는 '컬러풀 호스피스'를 하고 싶다.

얼굴이 뽀얀 경혜 씨는 결혼한 지 2년째 되었을 때 머리뼈에 암이 생겼다. 아장아장 걸음마를 시작한 딸아이와 함께 하는 평화롭고 행복하던 신혼 시절은 예기치 못한 불행 앞에 검고 어둡게 변해버렸다. 다행히 수술이 잘 되어 목숨을 잃지는 않았지만 15년이 넘는 동안 재발되면 수술하고 재발되면 수술하기를 일곱 차례나 반복했다.

몸이 아파서 둘째 아이는 생각도 할 수 없었다. 자격지심으로 주눅이 든 경혜 씨는 훤칠하고 잘생긴 남편에게 다른 여자가 생기지나 않을까 하는 피해의식에 시달리기도 했다. 하지만 남편은 아픈 아내에 대한 사랑과 의리를 저버리지 않았다. 그런 남편에게 도움이 되고 싶은 마음에 경혜 씨는 남편의 만류에도 불구하고 몸이 아프지 않을 때면 친구 가게에서 아르바이트를 하며 병원비를 보탰다. 그러는 사이 어린 딸아이는 고등학생이 되었다.

그런데 한 달 전부터 두 눈이 안 보였다. 그동안 치료해온 주치의는 수술이 힘들다고 말했다. 투병생활이 길었기 때문에 더 이상 어떻게 할 수 없다는 말이 더 믿기지 않았다. 이제 암은 친구처럼 같이 가는 거려니 했다. 긴 시간을 암과 함께 보내면서도 암 때문에 죽는다는 생각은 해본 적 없었다. 아니 하고 싶지 않았다. 시간이 지나자 주먹만 한 암 덩어리가 입천장을 뚫고 내려왔다. 그것은 점점 커지더니 혀를 눌렀다. 숨 쉬기도 힘들었고 발음도 어눌해졌다. 늘 암에 시달려 왔지만 죽음은 멀리 있다고 생각했는데, 갑자기 죽음이 그녀를 향해 큰 보폭으로 성큼성큼 다가오고 있었다.

내가 경혜 씨를 처음 만났을 때 그녀는 이미 두 눈이 멀어버린 뒤였다. 그녀는 자신의 마지막 주치의를 보지도 못한 채 어둠속에서 죽음을 기다리고 있었다. 그래도 청각과 정신만은 분명하게 깨어 있었다. "잠을 재워주세요." "죽여주세요." 혀를 짓누른 암 덩어리 때문에 발음이 어눌했지만 그 두 말만은 또렷하게 발음하곤 했다.

우리는 어둠 속에 머물러 있는 그녀의 얼마 남지 않은 삶에 색깔을 입히기 위해 노력했다. 나는 그녀의 고통을 덜기 위해 마약성 진통제와 항우울제를 처방했다. 간호사는 코와 입으로 넘어가는 고름덩어리를 뽑아주었다. 목욕 봉사자는 그녀의 몸을 씻겨주었고, 마사지 봉사자는 그녀에게 발마사지를 해주었다. 후각이 마비되어 라벤더 향을 맡을 수 없는 그녀에게 마사지 봉사자가 대신 이문세의 〈옛사랑〉을 불러주자, 경혜 씨는 자신의 애창곡을 따라 부르며 즐거워했다. 음악을 좋아하는 그녀에게 청각이 남아 있어 다행이었다.

경혜 씨는 '루시아'라는 예쁜 세례명을 가진 천주교 신자였다. 그래서 대구의료원의 원목 수녀님이 입원할 때부터 돌봐주셨다. 수녀님은 안락사를 원하는 그녀에게 이렇게 말했다.

"루시아, 지금 시간이 힘들다고 스스로 생명을 저버리면 이제까지 열심히 살아온 삶이 보람 없잖아요. 이렇게 잘 버텨왔는데 마지막에 자살로 생을 망쳐버리면 하느님 앞에서 무슨 말을 할 수 있겠어요."

신앙심이 돈독했던 경혜 씨는 수녀님이 말하는 '조금 남은 삶의 의미'를 받아들이는 듯했다. 그녀는 이제 "죽여주세요" 하고 말하는 대신 "배가 고파요" 라고 말했다. 입맛이 없다며 아무것도 먹기 싫어하던 그녀였다. 배가 고프다는 것, 음식을 원한다는 것. 내게는 그것이 경혜 씨가 살아 있고 살고 싶어 한다는 증거로 여겨졌다. 남편은 입 속의 암 덩어리를 피해서 주사기로 포도주스를 넣어주었다.

경혜 씨가 기운을 차리자 우리는 비올라를 좋아하는 경혜 씨를 위해 작은 음악회를 기획했다. 음악회가 열린다는 말을 듣자 경혜 씨는 염색을 하고 싶다고 했다. 그녀의 머리는 항암제 때문에 백발이 되어 있었다. 눈이 멀기 전 자신의 마지막 모습을 기억하고 있던 그녀는 백발이 된 머리카락이 마음에 걸렸나 보았다. 경혜 씨의 착한 남편이 염색약을 사들고 왔다. 머리카락을 까맣게 염색하자 그녀의 흰 얼굴이 더욱 도드라져 보였다. 경혜 씨는 볼 수 없었지만 우리는 그녀의 얼굴이 광채로 빛나는 모습을 볼 수 있었다.

까만 머리카락을 되찾은 경혜 씨에게 점잖은 검정 재킷을 입혀주었다. 연주에 앞서 현악기와 금관악기 연주자로 구성된 봉사단원들이 경혜 씨의 침대를 대강당으로 옮겼다. 잠시 후 현악기의 선율이 대강당을 가득 메웠다. 경혜 씨는 남편과 딸의 손을 꼭 잡고, 자신의 마지막 남은 감각을 총동원해 세상의 따뜻함을 느끼고 있었다. 경혜 씨를 위한 작은 음악회는 더 이상 작은 음악회가 아니었다. 연주가 끝나자 경혜 씨는 허공에 대고 박수를 짝짝짝 치더니 어눌한 발음으로 말했다.

"아, 행복해……."

요즘 경혜 씨는 "죽여주세요" 하고 말하지 않는다. 며칠 전 회진할 때 경혜 씨에게 "뭐 하세요?" 하고 묻자 그녀는 "가족을 위해 기도해요" 하고 대답했다. 그 말을 할 때 그녀의 발음은 여느 때보다 더 또렷했다.

나치 강제 수용소에서 살아남은 정신과 의사 프랭클 박사는 《죽음의 수용소에서》라는 책에서 어떤 경우라도 삶의 의미를 잃지 말라고 당부한다. 호스피스가 하는 일도 삶의 의미를 찾아주는 일이다. 사는 것이 서툴러 노숙자가 된 사람, 돌봐줄 피붙이 하나 없는 외로운 사람, 너무 일찍 찾아온 병마 때문에 생을 마음껏 즐기지 못했던 사람…… 그가 누구든 어떤 삶을 살았든, 인생의 마지막은 석양처럼 눈부셔야 한다. 우리가 서로의 어둠에 물감이 될 때 인생의 마지막은 황금빛 석양처럼 빛난다. 그때 컬러풀 호스피스가 완성될 것이다. 죽음을 위해서가 아니라 삶의 완성을 위해서, 우리는 서로를 도와야 한다.

요즘 경혜 씨는 "죽여주세요" 하고 말하지 않는다. 며칠 전 회진할 때 경혜 씨에게 "뭐 하세요?" 하고 묻자 그녀는 "가족을 위해 기도해요" 하고 대답했다. 그 말을 할 때 그녀의 발음은 여느 때보다 더 또렷했다.

마지막을 응시하고 살아야 하는 이유

춘천 MBC 방송국에서 자살 예방 다큐멘터리를 만들기 위해 우리 병동을 찾았다. 그들은 호스피스 병동에 오기 전, 자살로 생을 마감한 가족 때문에 고통을 겪는 사람들을 취재하고, 비과학적인 영靈의 세계를 담은 티베트의 조장鳥葬 장면을 촬영하기도 했다고 한다. 조장은 시신을 토막 내어 새들의 먹이로 던져주는 티베트의 장례 문화이다. 국내외를 넘나들던 취재팀은 죽음과 관련된 것들을 찾아다니다 보면 자살 예방에 대한 해답을 찾을 수 있지 않을까 하는 생각으로 우리 병동을 방문했다.

우리나라의 자살률이 10년 전보다 130.2퍼센트 증가했다는 통계를 본 적 있다. OECD 회원국 중 가장 높은 자살률이다. 특히 80대 자살률은 20대보다 다섯 배 이상이 높아졌고 노인 자살이 심각한 사회 문제가 되었다. 전직 대통령이 자살을 하고, 전직 대법원장이 한강에 투신하고, 톱스타들의 자살이 자주 신문지상에 오르내려 사람들을 경악하게 만든다. 자살이 성별과 연령, 지위 고하를 막론하고 전염병처럼 퍼지는 현실을 어떻게 받아들여야 할까.

살다보면 어려운 일도 있고 그중에는 참고 견디다 보면 시간이 해결해주는 일도 있다. 스스로 목숨을 끊는 사람들이 많아지고 있다는 것은 시간조차 해결할 수 없는 일들이 있기 때문이리라. 결국 자살률이 높다는 것은 지금 행복하지 않고, 미래에서도 희망을 발견할 수 없는 사람들이 그만큼 많다는 증거가 아닐까. 결국 삶과 죽음의 열쇠는 행복과 희망에 달려 있을 것이다.

머리는 희끗희끗하고 등산복 차림에 배낭을 둘러멘 연출가와 카메라 감독을 보며 나는 치르치르와 미치르를 떠올렸다. 행복과 희망을 상징하는 파랑새를 찾아 길을 떠난 치르치르와 미치르처럼 두 사람은 몇 달째 파랑새를 찾아 전국을 떠돌고 있었다. 연출가가 지금까지 수많은 죽음을 지켜본 나를 인터뷰하고 싶다고 해서 나는 텅 빈 임종실로 그들을 안내했다.

"임종실은 처음이시죠?"

내가 묻자 두 사람은 고개를 끄덕였다. 연출가가 난생처음 들어와본 임종실을 둘러보며 말했다.

"얼마 전에 장모님이 돌아가셨는데 그때는 임종실이 아니라 중환자실이었어요. 이렇게 넓고 편안한 공간이 있다는 걸 오늘 처음 알았네요. 보통 사람들은 살아 있는 동안 이곳에 올 일이 없으니까요."

"저는 직업상 자주 옵니다."

내 말에 그들은 소리 없이 웃었다. 우리는 임종실 소파에 앉아 긴 인터뷰를 시작했다.

내가 호스피스 병동에 근무했던 지난 수년 동안 천여 명의 사망진단서가 나갔다. 나는 이곳에서 평생 본 죽음보다 수십 배는 더 많은 죽음을 지켜봤다. 사망을 선언하는 것은 호스피스 의사에게 흔한 일이다. 호흡이 잦아들고 심장이 멎는다. 환자의 몸에는 아직 온기가 남아 있지만 나는 그의 심장이 멈췄다는 사실을 말해야 한다.

"12월 23일 오전 10시 45분에 떠나셨습니다."

자꾸 하다 보면 익숙해질 줄 알았다. 그러나 아무리 반복

되어도 무감해지지 않는 이별처럼 사망 선언도 그러했다. 고인에 대한 예의를 차리기 위해 임종실에 들어가기 전에는 냄새 나는 음식도 먹지 않았고 환자가 마지막까지 고통스럽지 않도록 최선을 다했다. 그래도 나는 내 환자의 죽음에 담담해지지 않았다. 아니, 시간이 지날수록 더 무서워졌다. 나는 내가 느끼는 공포감을 보호자들에게 들키지 않으려고 표정을 지워버렸다. 눈 감은 환자의 얼굴을 외면한 채 일직선이 찍힌 심전도 종이만 만지작거렸다. 핑계일까? 죽음은 수십 시간의 호스피스 교육으로 배울 수 있는 게 아니었다. 의사이기 이전에 나는 죽음이 두려운, 살아 있는 사람이었다.

임종실의 주인공이 된 내 모습을 떠올렸다. 훗날 그 상상이 실제가 되리라는 불편한 진실을 나는 내 환자의 죽음을 통해, 공포와 두려움을 겪고 난 뒤 마음으로 받아들였다. 누군가 영혼이 떠난 내 육신을 무서워한다고 생각하니 서글펐다. 심장이 멎은 환자들과 나를 동일시하자 언제부터인가 환자의 주검이 무섭지 않았다. 이제 나는 삶의 짐을 내려놓은 평화로운 얼굴을 바라보며 사망 선언을 한다. 그의 뺨에 내 뺨을 부비고 여전히 따뜻한 손을 잡아준다. 내 앞에 있는 주검은 미래의 나이기도 하다.

쉰다섯 살의 말기 담낭암 환자인 종국 아저씨는 용기 있는 사람이었다. 황달 때문에 얼굴은 노랗다 못해 검게 변해버렸지만, 180센티미터가 넘는 훤칠한 키에 쌍꺼풀이 크고 서글서글한 눈매는 그의 선량함을 그대로 드러냈다.

그는 몸에 담즙을 배출하는 관과 소변 줄을 꽂고 있었는데, 그런 상태에서도 수액제를 걸어두는 기구의 바퀴까지 손질할 만큼 부지런했다. 틈만 나면 침구를 정돈하고 병동 구석구석을 쓸고 닦았다. 환자가 일하는 게 안쓰러워 내가 시설 관리팀에 부탁하라고 말하면, 좋아서 하는 일이라고 웃었다. 얼마 남지 않은 삶을 병동에서 봉사하며 지내는 종국 아저씨 덕분에, 그가 입원해 있는 303호실은 늘 밝은 분위기였다. 그가 퍼뜨린 활기가 303호실 문을 넘어 온 호스피스에 퍼져 나갔다.

종국 아저씨는 최고의 상담자이기도 했다. 그는 죽음을 받아들이지 못하는 환자들에게 죽음을 수용해야 하는 이유에 관해 말해주었고, 긴 투병생활에 지쳐 있는 사람들을 위로하고 격려했다. 암에 걸리지 않은 내가 환자에게 죽음의 수용에 대해 설명하고 그들의 공감을 이끌어내는 건 어려운 일이지만, 수용 단계에 다다른 종국 아저씨의 이야기는 환자들에게 큰 공감을 이끌어냈다. 종국 아저씨가 계셔서 나는 늘 든든하고 감사했다.

그러던 어느 날이었다. 오후 회진 때 303호실에 들렀더니 종국 아저씨가 학이 그려진 동양화 한 점을 내게 건넸다.

"임종실에 살짝 가봤는데…… 벽이 휑해서 그런지 조금 쓸쓸해 보였어요. 이 그림을 기증할 테니까 임종실 벽에 걸어주세요."

자신의 마지막 공간에 몰래 다녀온 그의 마음은 어떠했을까. 그림은 임종실의 벽면을 모두 채울 만큼 컸다.

"결혼할 딸에게 줄 그림은 따로 준비해두었으니까 걱정하지 마세요. 임종실이 한국적인 분위기면 좋지 않을까 하는 생각이 들어서요."

한국적인 정취가 풍기는 임종실로 꾸미고 싶다는 것은 평소 나의 바람이기도 했다. 나는 나의 소원을 들어준 종국 아저씨의 두 손을 꼭 잡는 것으로 고맙다는 인사를 대신했다.

쉰일곱 살의 동재 아저씨는 몇 년 전만 해도 평범한 회사원이자 두 아들의 아버지였다. 그에게 이전과 전혀 다른 삶이 닥쳐온 것은 3년 전, 오른쪽 아래턱에 밤톨만 한 암이 생기면서부터였다. 그는 암을 제거하고 허벅지 살을 떼어서 이식하는 대수술을 받았다. 암은 없어졌지만 턱에 허벅지살을 붙이고 나니 혹부리 영감의 얼굴과 다를 바 없었다. 일상생활을 하는 데는 아무 지장이 없었지만 그는 흉측해진 얼굴 때문에 집밖으로 나가지 않았다. 얼굴이 이렇게 될 줄 알았으면 수술하지 말걸 그랬다고 후회도 했다. 이혼한 아내가 식사도 챙겨주고 한집에 살면서 이런저런 일을 도와주었지만, 한순간 뒤바뀐 삶을 받아들이기는 쉽지 않았다.

1년 후 암은 왼쪽 아래턱에서 재발했다. 이미 한 번의 수술 후 변해버린 얼굴 때문에 크게 충격을 받았던 동재 아저씨는 수술도, 방사선 치료도 받지 않았다. 그러자 상황은 더욱 참혹해졌다. 방치된 암세포가 아래턱을 녹여버리자 혀와 치아가 그대로 드러났다. 이제 아저씨는 아내를 포함해 누구에게도 얼굴을 보여줄 수 없었다. 마스크를 낀 채 집 안에만 머물면서 냄새 나는 분비물을 혼자 처리했다. 통증이 심해지고 죽도 삼킬 수 없는 지경이 되었을 때, 동재 아저씨는 비로소 병원을 찾았고 나의 환자가 되었다.

매일 암 환자를 보는 나에게도 동재 아저씨의 모습은 말할 수 없이 처참했다. 반이 없어진 얼굴에 큼직한 혀가 툭 튀어나와 있고 덜렁거리는 치아 몇 개가 보였다. 그의 얼굴은 해부가 끝난 카데바처럼 변해 있었다. 불행인지 다행인지 동재 아저씨의 정신은 보통 사람들과 다를 바 없이 맑았다. 수 없이 자살을 생각했던 그는, 그러나 나의 다른 환자들처럼 생명의 에너지가 다하는 순간까지 살았다.

"두 아들이 결혼해서 잘살고 있어요. 죽을 때 죽더라도 자살은 할 수 없어요. 애들한테 상처가 될 테니까……."

나는 글을 쓸 때 첫 문장보다 마지막 문장을 먼저 생각한다. 마지막 문장을 생각한 뒤 글을 써나가면 흐름에 일관성이 생기고, 글 전체가 한 호흡으로 연결되기 때문이다. 인생도 글쓰기와 다르지 않다. 자신의 마지막을 응시하는 것은 삶에 일관성을 부여하는 일이다. 자기 생의 흐름을 보면 힘든 일을 극복할 용기 또한 생긴다.

혹시 자살을 생각하고 있다면 목숨을 담보로 고민하는 그 일이 마지막 순간 가슴에 안고 갈 가치가 있는 것인지 한 번만 더 생각해보았으면 좋겠다. 도저히 이겨내지 못할 것 같은 시련이 닥쳤다고 모진 마음으로 스스로 목숨을 끊어버리면 인생은 그 자체로 비극이 된다.

말기 암 환자가 되면 상상할 수 없는 통증 때문에 사는 것이 죽는 것보다 힘들게 느껴지기도 한다. 그러다 보면 어느 순간 자살을 떠올리게 될 수도 있다. 그러나 종국 아저씨는 자신과 다른 사람들의 마지막 순간을 위해 임종실에 그림을 선물했고, 동재 아저씨는 자신의 고통을 아들들이 받을 상처와 끝내 맞바꾸지 않았다. 내가 두 사람을 존경했던 건 그들이 죽음이라는 시련을 정면으로 바라보는 용기를 가졌기 때문이고, 그렇게 자기 인생의 승자가 되었기 때문이다.

내가 만약 얼굴에 변형이 오고 온몸에 황달이 와서 피부가 노란 낙엽처럼 변해도 그들처럼 마지막까지 최선을 다할 수 있을지 나 자신에게 물어본다. 의사는 오히려 병의 결과를 잘 알기 때문에 더 두려워하고 마지막 모습이 더 추하다고 생각할 수도 있다. 손쉽게 포기하는 방법도 잘 알고 있다. 그러나 나는 이 두 남자를 보고 생명의 건전지가 다할 때까지 최선을 다해 살아야 한다는 것을 알았다. 의학적 지식이 조금 많은 것 외에 내가 환자보다 잘난 것은 아무것도 없다는 것을 깨달았다. 죽음이 우리를 찾아오기 전에 우리가 먼저 죽음을 찾아가지는 말아야 한다. 누가 그러지 않았던가. 해탈은 죽음이 아니라 힘든 삶을 의연하게 살아가는 것이라고. 죽음이라는 블랙홀이 흔적도 없이 우리를 삼킬 때까지 인간의 존엄성을 잃지 말고 그저 살아야 한다.

인생이 캄캄한 터널을 헤매는 것처럼 느껴질 때, 아무리 걸어도 새하얗게 빛나는 터널의 끝이 보이지 않을 때, 우리는 죽음을 생각한다. 하지만 우리는 어두운 터널을 하염없이 걸어가는 순간에도 인생의 비밀을 찾아내기 위해 노력해야 한다. 아무리 많은 사람을 만나고 오랜 시간을 살아도 그 속에 숨은 비밀을 찾아내지 못한다면, 삶은 허망하고 무미건조한 것일 수밖에 없다. 우리 마음속의 비밀을 만나기 위해 노력해야 하는 이유는 그 비밀이야말로 우리가 마지막까지 간직해야 할 우리의 꿈일지 모르기 때문이다.

길고 긴 인터뷰가 끝나가고 있었다. 창밖으로 어둠이 밀려들자 임종실도 어둠 속으로 고요하게 가라앉았다. 취재팀을 배웅하며 나는 그들이 삶과 죽음의 비밀을 간직한 호스피스 병동에서 파랑새를 찾았기 바랐다. 치르치르와 미치르가 그토록 찾아 헤매던 파랑새가 결국 그들 가까이에 있었던 것처럼.

내 앞에 있는 주검은 미래의 나이기도 하다.

살아 있을 때 좀 더 잘할걸

몇 년 전에 일본의 호스피스 의사가 쓴 책《죽을 때 후회하는 스물다섯 가지》가 베스트셀러가 되었다. 이 책이 베스트셀러가 된 이유는 후회하지 않는 생을 살고 싶다는 바람과 죽어가면서까지 후회하는 일이 무엇일까 하는 궁금증 때문일 것이다. 이 책에는 인생을 살아가면서 실천하면 좋을 충고들이 담겨 있다. 하지만 일본 호스피스 의사가 쓴 환자들 이야기는 내가 호스피스에서 만난 환자들의 모습과 여러 면에서 다르다.

일단 우리 병동에는 죽음을 앞두고 후회하는 사람들이 별로 없다. 일본인보다 성격이 화끈하고 속내를 잘 터놓는 한국인들이라서 그럴까? 대신 남아 있는 사람들이 후회하는 모습은 자주 본다. 살아 계실 때 좀 더 잘해드릴걸, 김치찌개 먹고 싶다고 했을 때 사다드릴걸, 그때 그런 말은 하지 말걸……. 사랑하는 사람을 떠나보낸 이의 미련과 후회는 어쩔 수 없더라도, 죽어가면서까지 후회하는 일이 없는 것은 다행스러운 일이다.

"이제까지 참 잘 사셨어요. 두려워하지 마세요. 내일이 완벽하게 약속되어 있는 사람은 없어요. 저도 내일은 잘 모르겠는걸요. 하지만 오늘은 분명히 살아 계시게 해드릴게요. 언제가 될지는 모르지만 우리 죽기 전까지 여기에서 행복하게 살아요."

내가 이렇게 말하면 대부분의 환자는 웃음을 머금는다. "그럼 하루살이가 되는 거네요?" 하고 아이처럼 되묻는 환자도 있다.

"그럴 수도 있겠네요. 하지만 죽기만 기다리고 있으면 슬프잖아요. 우리한테 주어진 하루를 열심히 살아가야죠."

"그래야죠. 내가 얼마나 씩씩하게 잘 살았는데. 내가 지금은 이래 봬도 할 거 다 해본 사람이에요."

'왕년에 내가'로 시작하는 이야기는 끝이 없다. 병마로 눈빛이 흐려지고 나무껍질처럼 피부가 거칠어져도 한국 사람들은 후회나 미련보다 전성기의 추억이 남겨준 자신감을 간직하고 있다.

후회에 대한 것 말고도 생의 마지막에 찾아볼 수 있는 한국인과 외국인의 차이점은 많다. 예를 들어 병실이 그러한데, 좁은 1인실을 선호하는 일본인들과 달리 우리나라 사람들은 넓은 다多인실을 좋아한다. 내가 근무하는 병동에는 무료로 사용할 수 있는 2인실이 있지만 특수한 경우가 아니고서는 대부분 4인실에 묵기를 원한다. 1인실에서는 혼자 살고 혼자 죽지만 여러 사람이 있는 공간에서는 함께 지낼 수 있다. 어울리기 좋아하는 한국인들의 특성이 인생의 마지막 순간에도 나타나는 것이다.

내가 일하는 호스피스는 대한민국, 그중에서도 경상도에 있다. 사랑한다는 말 대신 "내 아를 낳아도", 빨간 립스틱이 예쁘다는 말 대신 "니 쥐 잡아먹었나?"라고 말하는 무뚝뚝한 경상도 사나이들이 나의 환자들이다. 예순 살이 된 김종호 아저씨도 "밥 도", "불 꺼라", "자자"가 아내에게 건네는 말의 전부인 전형적인 경상도 사나이였다.

종호 아저씨는 2년 전 간까지 전이된 대장암 수술을 했다. 발병 전까지 워낙 건강했던 아저씨는 힘든 항암치료를 꿋꿋하게 견뎌냈지만 암세포는 도통 사라질 기미가 보이지 않았다. 멀리서 직장을 다니는 두 딸이 대구까지 내려오는 것이 여의치 않았기 때문에 아저씨는 아내인 경옥 아주머니의 도움을 받아 호스피스로 들어왔다. 중년을 넘길 때까지 긴 세월을 함께 해온 부부였지만 우리 병동에 온 첫날, 두 사람은 말도 섞지 않고 냉랭한 얼굴로 딴 곳을 바라보며 앉아 있었다. 특히 아주머니는 오랜 간병에 지쳤는지 얼굴이 많이 수척했다.

오후 회진 때 종호 아저씨에게 갔더니 아저씨는 불안한 얼굴로 혼자 안절부절못하고 있었다. 몸과 마음이 약해질 대로 약해진 환자는 병원이 바뀌는 사소한 변화에도 큰 불안감에 시달리기 때문에 입원 초기에는 친근한 보호자가 꼭 함께 있어주어야 한다. 경옥 아주머니께 그렇게 말씀을 드렸는데도 불구하고, 아주머니는 상담이 끝나자마자 간병인에게 아저씨를 맡기고 어디론가 가버린 것이었다.

다음 날 아침, 고요한 호스피스 병동에 "경옥아" 하고 아내를 부르는 종호 아저씨의 날카로운 목소리가 울려 퍼졌다. 그 뒤에는 험한 말소리도 들려왔다. 나는 오전 회진을 미루고 경옥 아주머니를 진료실로 불러들였다. 아프기 전 아저씨가 어떤 성격이었는지 묻자 아주머니의 한숨 섞인 불만이 터져 나왔다. 아주머니의 이야기로 짐작해본 종호 아저씨는 무뚝뚝하고 직설적인 사람이었다. 아주머니로서는 종호 아저씨의 말에 상처도 많이 받았을 터였다. 하지만 그는 가정밖에 모르는 우직하고 성실한 남자이기도 했다. 전형적인 경상도 사나이인 것이다.

나는 경상도 아버지 밑에서 자라, 역시 경상도 아버지를 둔 경상도 남자와 결혼했기 때문에 경상도 남자들의 "꼭 말로 해야 아나"라는 식의 거친 언행을 이해할 수 있었다. 내가 경상도식 사고와 표현을 받아들이지 못했다면 종호 아저씨를 정신과에 의뢰했을 테지만, 나는 아저씨에게 간단한 약물치료를 한 뒤 아주머니에게 '미안하다고 말하기'를 제안했다. 말기 암 환자가 되었다는 것만으로도 서러운데 새 병동, 새 입원실에서 아는 사람 하나 없이 혼자 있으면 얼마나 외로울 것인가. 홀로 남겨진 아저씨는 버려졌다는 느낌을 받았을 것이다. 그래서 경상도 사나이가 화가 난 것이다.

점심 식사 후 나는 경옥 아주머니가 남편의 휠체어를 밀어주며 함께 산책하는 모습을 보았다. 산책에서 돌아온 아주머니가 꽃다발을 안고 있기에 웬 꽃이냐고 물었더니 아주머니는 "오늘이 제 생일인데, 남편이 병원 1층에 있는 꽃집에서 꽃을 사다주데예" 하며 쑥스러운 듯 웃었다. 오전엔 호통을 듣고 오후엔 꽃을 받은 아주머니는 어떤 마음이었을까. 이미 그녀도 알고 있을 터였다. 무뚝뚝한 말 뒤에 숨은 아저씨의 진심을.

나는 국가와 지역의 문화적 차이에 세심한 호스피스가 가장 좋은 호스피스라고 생각한다. 우리나라에서 호스피스를 만들 때에는 후회하지 않고 어울리기 좋아하는 한국 사람들의 특성을 고려해야 한다. 마찬가지로 경상도의 호스피스에 근무하는 내가 경상도의 거친 따뜻함을 이해하는 경상도 여자라서 얼마나 다행인지. 나는 내 고향 경상도에서 경상도 사람들을 위로하는 경상도 의사이고 싶다.

> 남아 있는 사람들이 후회하는 모습은 자주 본다. 살아 계실 때 좀 더 잘해드릴걸, 김치찌개 먹고 싶다고 했을 때 사다드릴걸, 그때 그런 말은 하지 말걸…….

호스피스에 대한 오해

내가 처음 석준 씨를 보았을 때, 그는 호스피스 병동의 현관에서 굳은 표정으로 누군가와 통화를 하고 있었다. 석준 씨는 30대 후반에 해맑은 인상이었지만 그의 얼굴은 새하얗게 질려 있었다. 그날따라 병동에는 임종 단계에 들어간 환자가 많았다. 나는 그가 사랑하는 사람이 암에 걸렸을 것이며, 그가 오늘 호스피스 병동에 처음 왔을 거라고 생각했다. 호스피스 병동에서 일주일만 지내보면 내가 죽이는 의사가 아니라는 것을 알게 되지만, 사랑하는 이의 죽음을 앞두고 급하게 호스피스를 찾은 보호자에게 그런 여유가 있을 리 없었다. 나는 석준 씨에게 다가가 말을 걸었다.

"어떻게 오셨죠? 부모님 중 누가 편찮으신가요?"

"저…… 아무래도 잘못 찾아온 것 같아요."

"환자가 아직 올 단계가 아니라는 말씀이시죠? 좀 더 있다가 죽음이 다가오면 와야 한다고 생각하시죠? 하지만 그 반대인걸요. 임종 직전에는 호스피스 병동에 입원할 수 없거든요."

안경 속 그의 눈이 동그래졌다. 나는 그를 진료실로 안내했다. 우리에게는 긴 상담이 필요했다.

석준 씨만이 아니다. 호스피스가 인간답게 살아가는 곳이라고 아무리 이야기해도 사람들은 죽어감을 미화하는 말로 치부하고 반감을 가진다. 호스피스 교육을 받은 사람이나 누구보다 호스피스를 잘 안다고 생각했던 의료진들조차 자신의 가족이 아프면 생각이 달라진다. 그래서 나의 첫 상담은 언제나 길다.

석준 씨가 호스피스를 찾은 것은 아내 민경 씨 때문이었다. 중학교 미술 선생님이자 삼남매의 엄마인 민경 씨는 2년 전 유방암 진단을 받았다. 모 대학병원에서 3개월가량 호르몬 치료를 받던 그녀는 무슨 이유에서인지 갑작스레 치료를 포기하고 대체요법을 시작했다. 그리고 지난겨울 다리를 움직일 수 없어서 병원에 갔더니 암세포는 허리뼈로 전이되어

손쓸 수 없을 만큼 빠르게 진행되고 있었다. 호르몬 치료를 중단하고 대체요법을 시작한 것이 문제인 듯했다. 담당 주치의는 치료를 그만두었다고 호되게 질책했지만 이미 늦은 일이었다. 허리에 방사선 치료를 했지만 이제 그녀는 어떤 치료를 해도 나아질 수 없는 상황이었다.

발병 전, 석준 씨와 민경 씨는 남들과 다른 부부 역할을 맡고 있었다. 집안의 경제활동은 민경 씨가 도맡았고 석준 씨는 집에서 아이들을 돌보았다. 민경 씨의 부모님은 대학까지 나온 사위가 돈도 벌지 않고 가사만 하는 것을 탐탁지 않게 여겼다. 나중에 민경 씨의 어머니와 이야기를 해보니 예상대로 병에 걸린 것부터 치료 과정, 그리고 민경 씨가 말기 암에 이른 것까지 모두 사위를 탓했다. 상담이 끝나갈 무렵 석준 씨가 말했다.

"선생님 말씀을 듣고 나니까 그동안 제가 호스피스에 대해 오해하고 있었다는 건 알겠어요. 하지만 아내가 호스피스에 대해 이해할 수 있을지 걱정이 돼요. 제가 아내를 포기한다고 생각할까봐 두렵기도 하구요. 아직은 잘 먹고 이야기도 잘해요. 하지만 다리 통증이 심해요. 얼마 전까지는 등산도 같이 다녔는데……"

석준 씨는 말끝을 흐렸다. 호스피스를 죽음의 병동으로

생각하는 것보다 더 큰 걸림돌은 사랑과 믿음이 깨어진 가족을 돌보는 일이다. 환자를 병동에 방치한 채 무심히 임종을 기다리는 사람들은 호스피스 팀을 서글프게 한다. 반대로 가족에 대한 사랑만 있으면 호스피스에 대한 잘못된 인식은 쉽게 바꿀 수 있다.

석준 씨는 아내를 사랑하기 때문에 죽음의 병동에 젊은 아내를 데려올 용기가 없을 뿐이었다. 호스피스에 대한 석준 씨의 오해는 풀려가고 있었지만 장모와의 갈등, 집안 경제, 자식양육 등 이 부부가 넘어야 할 산이 많아 보였다. 그 문제들을 해결하기 위해서는 무엇보다 민경 씨가 덜 아파야 했다.

민경 씨의 상태는 생각보다 심각했다. 1부터 10까지 나눈 통증 강도의 분류에서 민경 씨의 통증은 10(참을 수 없는 통증) 이상이었고, 허리뼈로 전이된 암 때문에 두 다리는 아예 쓸 수 없었다. 팔 저림이 있는 걸로 보아 암세포가 목뼈로 전이되어 곧 두 팔을 쓸 수 없게 될 가능성도 있었다. 호스피스에 대한 부정적인 생각을 바꿔서 우리 병동에 데려오는 것보다 그녀의 통증 조절과 증상 치료가 더 시급했다. 호스피스의 응급처지는 '아름다운 마무리'가 아니라 '통증'이다. 통증을 없애야 아름다운 마무리도 가능한 것이다.

하지만 민경 씨의 통증을 조절하는 일은 쉽지 않았다. 마약성 진통제를 쓰려고 하면 부부는 "마약까지 쓸 정도는 아니에요"라며 처방을 거부했다. 그들은 마약성 진통제를 마약이라고 생각했고, 그래서 참을 수 없는 통증이 올 때만 간간이 아껴서 먹었다. 하지만 아플 때 먹는 마약성 진통제에 중독될 확률은 거의 없었다. 오히려 꾸준히 진통제를 먹어야 암성통증에서 벗어날 수 있는데 통증이 심해지면 먹고 덜해지면 먹지 않으니, 민경 씨는 하루 종일 대책 없는 통증에 시달릴 수밖에 없었다.

나는 진통제에 대한 두 사람의 오해를 풀기 위해 노력했다. 통증에 관한 책자를 권했고 진통제를 복용해야 하는 이유에 대해서도 자세히 설명했다. 민경 씨가 "선생님만 믿을게요. 아프지만 않게 해주세요" 하고 말했을 때 열심히 설득한 보람이 있는 것 같아서 나는 더욱 통증 조절에 공을 들였다. 하지만 이상하게도 민경 씨의 통증은 전혀 나아지지 않았다. 전날 밤 민경 씨가 너무 아파서 밤새 소리를 질렀다는 말을 듣고 나는 석준 씨에게 말했다.

"진통제 용량을 올려야겠어요."

석준 씨는 쭈뼛거리며 그제야 내가 처방한 진통제를 민경 씨에게 하나도 주지 않았다고 실토했다. 약을 주는 대신 벌침과 커피 관장을 했다는 것이었다. 기운이 쑥 빠졌다. 민경 씨가 통증을 벗어나지 못하는 게 전혀 이상한 일이 아니었다. 통증을 조절하고 나면 그때부터 할 일이 얼마나 많은데, 답답하고 한심한 마음에 뭐라고 말을 해야 할지조차 알 수 없었다. 석준 씨와 나는 민경 씨를 위한 방법을 다른 곳에서, 다른 방식으로 찾고 있었다.

진료실로 돌아와 민경 씨를 위해 내가 무엇을 해야 하는지 오래 고민했다. 그리고 나는 그녀에게 다른 주치의를 찾아줘야겠다는 결론에 이르렀다. 주치의와 환자가 소통이 안 될 때 의사를 바꿔서 효과를 보는 경우가 있기 때문이다.

"미안해요. 저는 최선을 다했는데 통증이 조절되지 않네요. 제가 설득력이 부족한 것 같습니다. 저 말고 다른 주치의를 소개해드릴게요. 민경 씨를 위해서 그게 좋을 것 같아요. 정말 죄송합니다."

나는 석준 씨를 찾아가 그렇게 말한 뒤 진료실로 돌아왔다. 우리는 흔히 나약한 사람이 포기를 한다고 생각하지만 어떤 포기에는 용기가 필요하다. 그때 내가 그랬다. 내가 아니면 안 될 것 같았고 그녀를 위해 할 수 있는 일이 남아 있을 것 같았다. 하지만 그 또한 나의 환상이고 오만일지 몰랐다. 나름대로 용기를 내서 결정한 일이었지만 민경 씨를 포기하자 마음 한구석이 텅 빈 듯 허전하고 씁쓸했다. 그때 석준 씨가 진료실로 들어왔다.

"아내를 호스피스 병동으로 옮겨야겠어요. 그리고 이제 진통제도 쓸게요."

스스로의 부족함을 인정하고 나만 잘할 수 있다는 자만을 내려놓은 순간, 석준 씨가 나를 믿고 민경 씨를 맡길 용기를 낸 것이었다. 누군가를 믿기 어려워진 세상에, 나를 믿고 인정해주어서 정말 고마웠다.

진통제의 용법을 지켜서 복용하자 민경 씨의 통증은 씻은 듯이 사라졌다. 잘 먹지 못하던 그녀의 식사량이 늘어난 것이 무엇보다 반가웠다.

호스피스 병동에 온 지 일주일이 되던 날, 민경 씨는 목욕을 했다. 두 달째 씻지 못한 그녀는 따뜻한 물에 목욕을 하고 싶어 했지만 남에게 몸을 보여주는 것이 내키지 않아 망설였던 것이다. 호스피스 병동에서 봉사자가 해주는 첫 목욕은 큰 의미가 있다. 환자는 목욕을 하면서 움직일 수 없는 몸을 어루만져주는 타인의 손길에 인간의 따뜻함을 느낀다. 그리고 이제 자기 몸을 스스로 씻을 수조차 없다는 사실에 서글픔을 느낀다. 민경 씨도 두 가지 상반된 감정을 느꼈을 것이다. 그녀는 어머니와 비슷한 연배인 할머니 봉사자의 손에 몸을 맡긴 뒤 울음을 터뜨렸다. 아직은 남에게 몸을 보여준다는 것이 속상할 나이였다. 나는 아무도 모르게 그녀의 두 손을 잡아주었다.

목욕을 하고 나온 민경 씨는 손거울을 보며 눈썹을 다듬고 옅게 화장도 했다. 미술 선생님이었다더니 솜씨가 보통이 아니었다. 한층 예뻐진 그녀를 보면서 나는 민경 씨가 이제 통증에 허덕이며 죽어가는 사람이 아니라는 것을, 비록 움직일 수는 없지만 생기 있게 살아가고 있음을 느꼈다. 내가 포기한 순간 민경 씨가 다가왔듯이, 민경 씨는 죽음을 중지시키기 위한 몸부림을 그만둔 뒤 생명을 얻었다.

우리는 죽음과 싸워서 이길 수 없다. 죽음과의 싸움을 통해 우리가 깨닫게 되는 것은 어쩔 수 없이 내가 패배하리라는 절망스러운 예감뿐이다. 싸우는 동안에는 지치고 상처투성이가 되지만, 싸움을 멈추면 삶이 보인다. 그때 비로소 우리는 최선을 다해 하루하루를 살아갈 수 있다.

호스피스의 응급처지는 '아름다운 마무리'가 아니라 '통증'이다. 통증을 없애야 아름다운 마무리도 가능한 것이다.

(4부)

그럴 때 나는
당신이
호스피스 병동을
찾았으면 한다

죽는 것보다 더 두려운 것은 통증이다.

아프면 누구나 우울해진다.

환자가 우울해하거나 불면증에 시달릴 때

호스피스 병동에서 가장 먼저 하는 일은

우울증 치료가 아니라 통증 치료이다.

오해와 선입견으로 무의미한 통증을 겪는

환자를 보면 안타까운 마음이 든다.

죽는 것보다 두려운 것은 통증

나는 학창시절 시인이나 소설가를 꿈꾼 적도 없고 글쓰기 수업을 받은 적도 없다. 글짓기 대회에 나가서 상을 받은 적도, 글을 써서 칭찬을 받아본 적도 없다. 책을 읽는 것은 좋아했지만 쓰는 것과는 거리가 멀었던 내가, 2년째 매일신문에 호스피스 이야기를 담은 〈행복을 요리하는 의사〉라는 칼럼을 연재하고 있다. 호스피스 덕분에 만년 독자에서 어설픈 작가가 된 셈이다.

칼럼 연재를 시작한 가장 큰 이유는 호스피스를 알리고 싶어서였다. 내가 호스피스에서 보고 들은 이야기들은 소설보다 감동적이고 드라마보다 극적이지만, 글쓰기에 서툰 나로서는 원고 작업이 쉽지 않았다. A4 한 장 분량의 짧은 글이고 연재도 격주라 시간이 그다지 촉박한 편은 아니었지만, 병원 업무와 집안일을 병행하는데다 마음을 울리는 글을 쓰고 싶다는 욕심까지 더해지자 마감일이 은근히 스트레스로 다가왔다. 마감일이 가까워지면 반찬이 부실해졌고 살림이 엉망이 되었다. 그렇다고 병원 일을 줄일 수는 없는 노릇이니 애꿎은 남편과 아이들만 피해를 보았다.

마감일이 가까워진 어느 저녁이었다. 식탁 위에는 반찬가게에서 급하게 사온 어묵과 매일같이 올라왔던 물김치가 전부였다. 밥도 하지 못해 전자레인지에 돌린 햇반을 놓았다. 그동안 말없이 잘 참아줬던 의예과 2학년생 아들이 노골적으로 불만을 드러냈다.

"아직 죽을 때도 안 된 사람들까지 왜 호스피스에 관심을 가져야 되지? 죽음이 다가오면 엄마가 글에 썼던 것처럼 의사 선생님들이 그렇게 해주면 되잖아. 나는 엄마가 글을 쓴다는 명예욕 때문에 우리가 피해를 보고 있는 것 같은데?"

칼럼을 쓸 때면 머릿속에 떠오르는 단어들 중 어느 것 하나도 선뜻 낚아챌 수 없었다. 말을 더듬는 사람처럼 한 문장 한 문장을 더듬거리며 써나가다 보면 '변변치 못한 글이 아닐까?' 하는 불안이 들었다. 가끔은 '모두가 꺼려하는 죽음에 대해 알리는 게 과연 잘하는 일일까?' 하는 근본적인 회의감도 들었다. 나 스스로도 자신 없어 하던 일에 대해 아들이 그렇게 매몰차게 말하자 서운했다. 다 큰 아들 녀석이 엄마 일을 이해해주지 못하는 게 원망스럽기도 했다. 하지만 아들은 아직 할 말이 많은 듯했다.

"그리고 엄마, 나는 이왕이면 환자를 살리는 실력 있는 의사가 되고 싶어."

"나도 환자를 살리는 의사인데……."

"다른 병동의 환자보다 엄마 병동의 환자가 죽을 확률이 더 높다는 건 누구나 아는 사실이야. 엄마 환자 중에는 집으로 돌아가는 사람보다 병원에서 죽는 사람이 훨씬 많잖아. 엄마는 따뜻한 의사일지 몰라도 살리는 의사는 아니야."

그동안 다른 사람들에게 받은 오해까지 합쳐져서 아들의 말은 내게 상처가 되었다. 마음 같아서는 열띤 토론이라도 벌이고 싶었지만 죽음이란 자기가 가진 마음의 깊이만큼 이해할 수 있는 것이라 쓴웃음만 지었다. 아들도 시간이 지나 더 깊어지면 알겠지, 하면서.

반복되는 우연은 책이나 드라마에만 나오는 이야기인 줄 알았다. 그래서 2인실 305호실에 경희 씨와 영애 씨가 나란히 입원했을 때 두 사람 사이에 겹겹이 중첩된 우연이 신기하게만 여겨졌다. 경희 씨와 영애 씨는 비슷한 나이의 중년 여성이고 둘 다 위암에 걸려 같은 시기에 암 수술을 했다. 둘 다 완치된 줄 알았는데 암세포가 간과 뼈로 전이되었고 비슷한 시기에 말기 암 환자가 되었다. 성실하고 따뜻한 남편이 있다는 것, 대학생인 딸과 수험생인 아들이 있다는 것도 희한하게 똑같았는데 두 환자의 남편은 직업마저 비슷했다. 그녀들의 남편은 공무원으로, 경희 씨의 남편은 구청에 다녔고 영애 씨의 남편은 시청에 다녔다.

호스피스에 들어오기 전에도 두 사람은 아는 사이였다. 그녀들이 서로를 만난 것은 청도에 있는 작은 요양 병원에서였는데, 둘 다 항암 치료를 하다 힘이 들어 입원한 것이었다. 그때만 해도 경희 씨와 영애 씨는 식사도 잘하고 산책도 할 수 있을 만큼 상태가 좋았다. 그곳에 머무는 한 달 동안 그녀들은 친하지는 않아도 인사 정도는 나누는 사이로 지냈다.

경희 씨와 영애 씨가 서로 다른 선택을 한 것은 그 다음이었다. 경희 씨는 말기 암에 이르렀을 때 더 이상의 항암 치료는 남은 삶의 질을 높이는 데 도움이 되지 않는다고 판단했고 호스피스로 왔다. 가장 힘들어 했던 증상인 변비와 통증이 조절되자 경희 씨는 가족 여행을 계획했다.

어느 토요일 그녀는 가족들과 함께 마지막 여행을 떠났다. 그 일은 경희 씨뿐 아니라 가족들에게도 잔잔한 기쁨을 주었다. 가족들은 죽어가는 아내에게, 그리고 엄마에게 마지막으로 따뜻한 기억을 남겨줌으로써 못 다해준 일에 대한 후회와 미련을 떨쳐냈다. 경희 씨 또한 가족들의 사랑을 확인하면서 혼자 가야 하는 길에 대한 외로움과 두려움을 이겨냈다. 경희 씨 가족이 푸른 바다를 배경으로 환하게 웃고 있는 여행 사진을 보자 내 목구멍에서도 뜨거운 무언가가 치받쳤다. 짠하면서 기쁘고, 슬프면서 행복한 그런 기분이었다.

한편 영애 씨는 마지막까지 적극적으로 치료를 하다 임종 단계에 이르렀다. 죽음만 돌보는 게 아니라 죽음 전의 삶에 의미를 부여하는 호스피스는, 환자가 정신이 맑고 호스피스 서비스를 받을 수 있는 상태여야 입원이 가능하다. 그런 의미에서 영애 씨는 호스피스 입원 대상자가 아니었다. 하지만 무료로 쓸 수 있는 2인실이 비어 있는데다 영애 씨의 남편이 간곡하게 부탁해서 그녀는 서울의 모 대학병원에서 우리 병동으로 전원되었다.

이미 임종 단계에 이른 그녀에게 경희 씨와 같은 마무리는 기대할 수 없었다. 문병을 온 영애 씨의 동료는 힘없이 누워 있는 그녀를 흔들어 깨우며 눈을 떠보라고 오열했다. 하지만 자고 있는 게 아니라 임종 단계에 들어간 영애 씨는 눈을 뜰 수도, 말을 할 수도 없었다. 의식이 있을 때 사람들에게 따뜻한 이별의 말을 건넬 수 있었으면 얼마나 좋았을까. 영애 씨의 가족들과 친구들에게 그녀의 죽음은 더없이 힘들고 고통스러운 경험이었다.

같은 점도, 닮은 점도 참 많은 경희 씨와 영애 씨. 그러나 두 사람이 걸어간 마지막 길은 너무나도 달랐다. 영애 씨와 가족들이 호스피스에 대해 잘 알고 있었다면 그녀의 마지막은 덜 힘겨웠을 것이다.

여전히 호스피스를 죽기 직전의 환자들이 입원하는 곳이라고 여기는 사람들이 많다. 그리고 그보다 더 많은 사람이 죽음은 남의 일이라고 여긴다. 나는 그렇지 않다는 것을 알리기 위해 서툰 글 솜씨까지 동원해 안간힘을 쓰고 있다. 내가 호스피스 일을 하고 호스피스에 관해 글을 쓰는 이유는 '고혈압의 적은 소금이니 싱겁게 먹으세요' 하고 홍보하듯 호스피스에 관해 제대로 알리는 것이다. 호스피스 일의 보람은 경희 씨처럼 슬픔이 불행으로 연결되지 않도록 추억을 만들어주는 일인데, 일반 사람들은 물론 가족들에게까지 '죽이는 의사'로 오해받을 때 나는 속절없이 외로워진다. 누군가 아들 녀석처럼 왜 호스피스에 대해 알아야 하느냐고 묻는다면 나는 이렇게 대답할 수밖에 없을 것이다. 누구나 한 번은 오는 곳이니까, 그게 언제일지는 몰라도.

같은 점도, 닮은 점도 참 많은 경희 씨와 영애 씨. 그러나 두 사람이 걸어간 마지막 길은 너무나도 달랐다.

신이 내린 최고의 선물, 모르핀

플라톤은 신이 인간에게 준 가장 아름다운 선물이 와인이라고 했다. 하지만 나는 호스피스 의사가 된 뒤 신이 인간에게 내린 최고의 선물은 모르핀이라고 생각하게 되었다. 1803년 독일의 세터너Serturner가 꿈의 신인 몰페우스Morpheus의 이름을 따서 만든 이 약을 사람들은 마약이라고만 알고 있고 언급하는 것조차 금기시 여긴다. 하지만 우리는 모르핀에 대해 알아야 한다. 그래야 아프지 않고 죽을 수 있기 때문이다. 모르핀은 우리를 죽음의 공포보다 끔찍한 암성 통증에서 해방시켜준다.

세계보건기구WHO의 추정에 따르면 암 환자 480만 명과 말기 에이즈 환자 140만 명이 고통에 대한 완화 치료를 받지 못하고 있다고 한다. 미국, 캐나다, 프랑스, 독일, 영국, 호주 6개국은 전 세계 모르핀의 79퍼센트를 소비하지만 세계 인구의 80퍼센트를 차지하는 중하위권 국가의 모르핀 소비량은 6퍼센트에 불과하다(2005년). 부자 나라 환자들이 고통을 덜 받는 것이다. 그럼 우리나라는 어떨까? 같은 해 한국의 인구 당 모르핀 사용량은 호주의 152분의 1, 일본의 11분의 1 정도였다. 우리나라 사람들이 호주나 일본 사람들보다 통증을 더 잘 참는 건 아닐 것이다. 단지 마약성 진통제에 대한 정보와 지식이 부족해서 고통스럽게 죽는 것이다.

암은 사망 원인 1위이다. 통계대로라면 우리도 암세포를 가지고 마지막을 보낼 가능성이 높다. 조직을 파괴하면서 무럭무럭 자라는 암 덩어리는 사람마다 차이는 있지만 대부분 묵직한 암성 통증을 가져온다. 장기를 파먹는 핏덩어리를 가지고 있더라도 통증의 정도에 맞게 적당양의 모르핀을 사용하면 아기를 낳는 산통보다 더한 암성 통증에서 15분 안에 자유로워진다. 호스피스 의사인 내게 다이아몬드보다 소중한 모르핀은, 그러나 다이아몬드처럼 비싸지도 않다. 한 앰플에 200원도 하지 않는 저렴한 약이다.

물론 모르핀은 알려진 대로 마약이고 엄격한 관리가 필요하다. 하지만 그뿐이다. 당뇨병 환자에게 인슐린 주사를 쓰듯이 암성 통증에 모르핀을 사용하는 것이다. 인슐린이 유발한 저혈당 때문에 당뇨 환자들이 응급실로 실려 오는 경우가 있는데, 모르핀은 해독제까지 있기 때문에 용법만 잘 지키면 어떤 약보다 안전하다.

암성 통증과 마약성 진통제에 대한 잘못된 상식 때문에 의미 없는 통증을 껴안고 지내는 환자들이 가진 흔한 오해 중 하나는 '마약성 진통제를 자꾸 쓰면 중독이 된다'는 것이다. 이것은 틀린 말이지만 많은 사람이 걱정하는 부분이기도 하다.

약제의 중독은 1만 명 가운데 2명으로 초보 골퍼가 홀인원할 확률과 같고 교통사고를 당할 확률보다는 훨씬 적다. 나중에 통증이 더 심해지면 어떡하나, 그때 쓸 약이 없는 건 아닐까 하는 의문도 많은 사람이 우려하는 점이다. 그러나 신은 모르핀이라는 선물에 희망을 잔뜩 넣어주었다. 대부분의 약은 쓸수록 부작용이 늘어나기 때문에 용량을 제한하는데 모르핀은 아무리 써도 통증에 대한 약효가 줄지 않는다. 전문적으로 표현하자면 '모르핀은 통증에 대한 내성이 없다'. 마약성 진통제에 대해 오해를 하고 있는 건 환자와 보호자들만이 아니다. 의료진도 마찬가지다.

말기 위암 환자인 영철 씨의 암성 통증을 조절하기 위해 내가 패치를 처방했을 때였다. 투명한 반창고처럼 생긴 패치는 한 번 부착으로 사흘 간 효과를 지속할 수 있는 마약성 진통제다. 영철 씨는 활동적인 사람이었고 약물 부작용이나 통증도 일으키지 않았다. 그런데 어느 날 내가 영철 씨를 찾아갔을 때 그는 우울한 모습으로 누워 꼼짝도 못하고 있었다. 내가 무슨 일이냐고 묻자 영철 씨는 벌컥 화를 냈다.

"다시는 패치를 사용하지 않겠어요!"

"왜 그러세요? 무슨 일이 있으셨어요?"

"인턴이 내가 붙인 패치를 보고, 이거는 마지막에 하는 마약인데요, 그랬어요. 저 아직은 마지막이 아니거든요."

나는 영철 씨를 설득하느라 많은 시간을 보내야 했다. 오해가 풀릴 때까지 영철 씨가 통증에서 벗어날 수 없었음은 물론이다. 교육받지 못한 의료진이 환자를 고통스럽게 한 것이다.

프랑스의 소설가 시몬느 드 보부아르Simone de Beauvoir는 1964년에 발표한《죽음의 춤》이라는 책에서 암과 싸우는 어머니의 고통을 차분하게 묘사했다. 마약성 진통제가 제한적으로 사용되던 시대였기 때문에 보부아르의 어머니는 죽음을 앞두고 엄청난 통증과 맞서 싸워야 했다. 보부아르는 그런 어머니를 지켜보며 '사람이 죽음을 인식하고 받아들인다 할지라도 그것은 무엇으로도 정당화할 수 없는 폭력이다'라고 썼다. 톱니바퀴로 배를 자르는 듯한 통증을 느끼면서 죽어가는 것은 보부아르의 말처럼 '무엇으로도 정당화할 수 없는 폭력'일 것이다.

나는 호스피스 의사로서 당부하고 싶다. 언젠가 당신에게 그때가 오면 신이 내린 최고의 선물 모르핀을 거절하지 말고 받아들이라고. 나는 신이 우리가 아프지 않게 죽어가기를, 그리하여 죽음의 맨얼굴을 응시하기를 바랐을 거라고 감히 생각한다. 죽음의 맨얼굴은 평화롭다. 다만 통증 때문에 죽음이 어둡고 무서운 것으로 왜곡되었을 뿐이다. 고통 없는 죽음은 결코 폭력적이지 않다.

나는 호스피스 의사로서 당부하고 싶다. 언젠가 당신에게 그때가 오면 신이 내린 최고의 선물 모르핀을 거절하지 말고 받아들이라고.

우리 병동 행복 봉사단

호스피스 병동에 근무하면서 두 가지 소중한 깨달음을 얻었다. 첫째, 세상에는 다양한 재주꾼들이 많다는 사실. 둘째, 그 재능을 아무 대가 없이 묵묵히 나눠주는 사람들이 있다는 사실. 우리 병동의 재주 많은 행복 배달꾼들은 자신의 재능을 죽어가는 사람들에게 나눠주기 때문에 거창하게 칭찬받는 일이 드물다. 그러나 서운해하기는커녕 주는 것보다 받는 게 더 많다고 겸손해한다.

살짝 벗어진 이마, 넉넉한 웃음. 우리 병동의 봉사자 대표를 맡고 있기 때문에 우리가 '양 회장님'이라고 부르는 양을천 회장님의 모습이다. 예순세 살인 양 회장님은 지리산을 종주할 만큼 활동적인데다 권상우와 원빈이 부럽지 않은 식스팩 복근의 소유자다. 그는 몸보다 마음이 더 건강한 분이기도 하다. 막내아이가 네 살 때 아내를 직장암으로 떠나보낸 양 회장님은 자신의 상처와 슬픔을 인간에 대한 애정과 연민으로 확대시켰고, 호스피스 봉사를 통해 자신의 노년기를 명품으로 만들었다.

양 회장님은 아내가 떠날 때 스스로에게 했던 약속을 지키기 위해 국내 모기업을 정년퇴직한 뒤 곧바로 호스피스 봉사를 시작했다. 건강하고 유능했기 때문에 다른 직장에서 스카우트 제의도 있었지만 봉사도 너무 늦으면 안 된다는 생각에 요양사 자격증을 따고 교육도 받았다. 우리 병동이 문을 연 것이 그 무렵이었다. 어설프고 부족했던 나의 첫 호스피스 의사 시절에 양 회장님과 함께할 수 있었던 것은 행운 중의 행운이었다.

강인한 부드러움과 따뜻한 카리스마를 동시에 지닌 양 회장님의 일상은 봉사로 시작해서 봉사로 끝난다. 그는 월요일과 목요일에는 목욕 봉사를 하고, 월요일과 목요일과 금요일에는 체조 교실을 연다. 하지만 그가 하는 일은 목욕 봉사와 체조 교실만이 아니다. 봉사자들 간의 문제를 조율해주기도 하고 환자들의 어려운 점도 보살펴주는 그는 우리 병동의 만능 해결사다. 긍정적으로 바라보라는 평범한 충고도 그가 말하면 진심으로 와 닿는 까닭은, 양 회장님 스스로 긍정적인 삶을 실천하고 있기 때문이리라.

※《행복 식당》, 양을천 지음
대구의료원 평온관에는 행복을 요리하는 의사가 있다. 행복 요리의 재료를 담당하는 간호사도 있고, 행복 요리를 홍보하고 배달하는 자원봉사자도 있다. 행복 요리사는 행복 요리를 좋아하는 고객을 위하여 불량 재료인 불만, 시기, 질투, 원망 등은 절대로 사용하지 않으며 무공해 사랑, 친절, 자비, 용서, 배려, 기쁨 등 세상에서 제일 좋은 재료로 온 마음과 정성을 다해 이 세상에서 제일 맛있는 행복 요리를 연구하고 만든다.
아무리 많이 먹어도 배탈 나지 않으며, 먹으면 먹을수록 행복해지는 음식이다. 사랑이 결핍되어 있는 분들에게는 사랑의 재료를 더 넣어드리고, 고객에게 부족한 부분을 듬뿍 넣어서 날마다 행복을 드린다. 우리 행복 식당은 행복을 요리하는 의사, 행복 재료를 담당하는 간호사, 배달 담당 봉사자가 고객이 행복할 때까지, 아니 감동해서 눈물이 나올 때까지 행복 요리를 계속할 것이다.

매주 금요일, 박순희 님과 남편인 최주영 님은 양 회장님과는 또 다른 재능으로 행복을 배달하러 온다. 이 부부는 아이들이 성인이 된 뒤 일주일에 하루는 다른 사람을 위해 쓰기로 결심했다. 남편이자 매니저인 최주영 님이 보면대와 마이크, 앰프 등을 세팅하면 아내이자 만돌린 연주자인 박순희 님이 연주를 시작한다.

그녀는 열네 개의 병상이 있는 자그마한 병동이 무대라 해서, 죽어가는 사람들이 관객이라 해서 결코 허투루 연주하지 않는다. 환자들이 좋아했던 곡들을 수첩에 깨알같이 메모해두고, 더 좋은 편곡을 위해 인터넷에서 몇 번이고 악보를 다운받는다. 임종 단계에 들어가는 환자가 많아서 병동 분위기가 가라앉아 있으면 준비해온 곡을 부드럽고 잔잔한 곡으로 바꾸기도 하고, 환자의 신청곡을 받기도 한다.

박순희 님은 환자들한테 잠시나마 병마를 잊게 해주는 따뜻한 연주자이지만 남편인 최주영 님에게는 까다로운 연주자이기도 하다. 연주가 끝난 뒤 앰프 소리가 맞지 않았다거나 보면대의 각도가 불편했다는 이유로 남편을 닦달하는 모습이 종종 보이니 말이다. 연주를 듣는 재미에다 두 사람의 사랑싸움을 보는 재미까지, 의료진과 환자들은 금요일이 지루하지 않다.

우리 병동에 봉사를 다니는 5년 동안 박순희 님 부부가 오지 않은 적은 딱 두 번뿐이었다. 박순희 님이 유방암 수술을 했을 때와 수술 후 항암 치료 부작용이 생겼을 때였다. 그녀의 오른쪽 겨드랑이에는 임파선을 절제한 자국이 남아 있고, 가끔 약간의 통증도 찾아온다. 아직도 여덟 번의 항암 치료가 더 남아 있는 그녀는 자신이 위로하고 있는 사람들과 마찬가지로 암 환자인 것이다.

병을 가졌다고 해서 모든 것을 잃는 건 아니라는 사실을 나는 박순희 님을 통해 알았다. 병을 극복하고 난 뒤 그녀의 음악은 단순히 잘하는 연주에서 스스로가 즐기는 연주로 바뀌었다. 그녀가 빨리 완쾌되기를 진심으로 바란다.

또 다른 봉사자인 황철환 씨와 나는 처음에 보호자와 의사의 인연으로 만났다. 몇 년 전 우리 병동에서 사촌형님을 간암으로 떠나보낸 황철환 씨는 형님이 돌아가신 뒤 호스피스 봉사의 길로 들어섰다. 멀리서도 알아볼 수 있을 만큼 큰 얼굴과 볼록한 배를 가진 황철환 씨가 발마사지를 하기 위해 울긋불긋한 앞치마를 두르면 개그맨 분장이 따로 없다. 존재만으로도 우리에게 웃음을 가져다주는 사람, 황철환 씨는 우리 병동 행복 봉사단의 든든한 기둥이다.

자영업을 하는 그는 시간이 날 때마다 우리 병동에 들른다. 발 마사지는 생각보다 중노동이라 한 사람의 마사지를 마치고 나면 그의 몸은 땀범벅이다. 그가 라벤더 향기를 뿌리고 돌아가면 나는 할 일이 없다. 황철환 씨의 부드러운 손길에 발 마사지를 받은 환자들은 모두 노곤한 몸을 누이고 나른한 낮잠에 빠져 있다. 그런 날이면 진통제를 적게 처방해도 아파하는 환자가 없다. 한때 호스피스에서 사랑하는 가족을 떠나보낸 그는 발만 마사지하는 게 아니라 자신의 경험을 통해 환자의 마음까지 마사지했다.

먼저 세상을 떠난 그의 형님은 황달이 와서 피부가 노랬지만, 훤칠한 키에 수려한 외모를 가지고 있었다. 형수가 간병을 못 할 형편이 되자 미혼인 황철환 씨가 형님을 돌보았다. 언젠가 황철환 씨는 그때 경험한 호스피스 생활이 자신의 삶을 바꾸어놓았다고 말했다. 인생에 대해 더 진지하게 생각하게 되었고 의미 있는 일을 찾게 되었다고.

내가 그에게 형님을 임종실로 옮겨야 한다고 말했을 때 그가 어떤 얼굴이었는지 지금도 생생하다. 임종실로 옮겨지는 형님의 침대 뒤를, 커다란 덩치의 그가 베개를 껴안은 채 꺼이꺼이 울면서 쫓아가던 모습. 잘해드린 것도 없는데, 떠나면서 황철환 씨를 우리에게 보내준 그의 형님이 고마울 뿐이다.

환자와 호스피스 의료진에게 힘을 북돋아주는 행복 배달꾼은 이 세 사람만이 아니다. 수요일에는 곱슬머리 신사가 007가방을 들고 우리 병동을 찾아온다. 노래 강사인 김녕 선생님이다. 그가 가방을 열면 노래방 프로그램이 깔린 노트북이 나타나고, 노트북 선을 텔레비전에 연결하면 호스피스 병동은 즉석 노래방이 된다. 18번 없는 사람이 드문 한국 사람들답게, 환자든 보호자든 마이크 앞에서 쑥스러워 하는 이가 없다. 임종실에 누워 있는 어머니 대신 어머니의 애창곡을 부르던 아들, 황달이 와 누런 낙엽처럼 변한 남편 앞에서 울면서 덩실덩실 춤을 추던 할머니……. 노래 교실은 삶과 죽음의 경계를 허무는 시간이다.

매달 첫 수요일에는 어르신 봉사단이 음식 봉사를 하러 온다. 어르신들이 새벽부터 일어나 쑤어온 녹두죽, 좋은 것으로 고르고 골라 가져온 제철 과일이 상에 놓이는 날에는 환자들과 어려운 대화도 술술 풀린다.

성직자 분들의 영적 봉사도 빼놓을 수 없다. 우리 병동의 작은 거실은 화요일이면 주님을 모시는 예배당이 되고, 목요일이면 부처님을 모시는 법당이 되고, 토요일이면 미사를 드리는 성당이 된다. 종교의 무한한 힘 가운데 하나는 인력으로 어찌해볼 수 없는 운명을 겸허한 마음으로 받아들이게 하는 것일 것이다. 유신론자였던 환자와 보호자는 이곳에서 더욱 신앙심이 깊어진다. 평생을 무신론자로 살다가 호스피스에 와서 종교를 가지는 사람들도 더러 있다.

목요일 오후에는 향기로운 차와 달콤한 다과를 나눠주는 차茶 봉사 팀이 온다. 그때 한 아주머니가 "과장님, 저 호스피스 봉사 참 잘한 것 같아요" 하고 말한 적 있다. 그녀의 어머니는 얼마 전 심근경색으로 세상을 떠났다. 예전에 아버지가 돌아가실 때는 어쩔 줄 몰라 하며 울기만 했는데 이번에는 달랐다고 한다.

"저 자신도 놀랄 만큼 제가 침착하더라고요. 호스피스 봉사를 통해서 알게 된 것들 덕분에 그럴 수 있었던 것 같아요. 어머니가 숨이 멎은 뒤에도 몸을 만져드리고 불경을 읽어드렸어요. 슬펐지만 허둥거리거나 정신을 놓지 않고 어머니를 보내드릴 수 있어 다행이었어요."

아주머니의 말처럼, 그녀는 어머니를 떠나보낸 슬픔 속에서도 밝고 꿋꿋했다. 그녀의 어머니도 딸에게 고마워하며 떠나셨으리라.

오늘 이 순간에도 누군가는 죽음을 맞이한다. 세상에 존재하는 수많은 죽음 중 단 하나의 죽음도 함께 하지 못했던 사람은, 사랑하는 사람에게 죽음이 다가왔을 때 자신에게만 불행이 닥친 듯한 착각에 빠지곤 한다. 죽음에 익숙하지 않은 사람은 사랑하는 사람의 죽음을 겪고 난 뒤 죽음을 미워하고 삶을 회의할 수 있다. 어차피 죽을 거라는 생각에 염세주의의 덫에 빠질지도 모르겠다. 죽음에 익숙해지면 죽음을 긍정할 수 있다. 그리고 그제야 삶을 낙관할 수 있다. 호스피스 환자들은 봉사의 손길을 필요로 하는, 도움을 받는 사람들이다. 하지만 그들은 인생의 대선배로서 우리에게 삶과 죽음을 가르치는, 도움을 주는 사람들이기도 하다.

"저도 놀랄 만큼 제가 침착하더라고요. 호스피스 봉사를 통해서 알게 된 것들 덕분에 그럴 수 있었던 것 같아요. 어머니가 숨이 멎은 뒤에도 몸을 만져드리고 불경을 읽어드렸어요. 슬펐지만 허둥거리거나 정신을 놓지 않고 어머니를 보내드릴 수 있어 다행이었어요."

웃음보다 울음이 먼저

사람이 짓는 여러 가지 표정 중에서 웃는 얼굴이 가장 아름답다. 최근 웃음의 가치가 재발견되면서 병원마다 웃음을 통해 병을 치료하는 '웃음치료' 프로그램을 운영하고 있다. 하지만 사람에 따라서는 웃어야 한다는 의무감에 박장대소를 터뜨린 뒤 허탈감을 느낄 수도 있다. 남을 따라 억지웃음을 짓기는 했지만 왜 웃어야 하나, 밀려드는 회의감에 더 침울해질지도 모르겠다. 그래서 나는 죽음을 앞둔 환자를 실컷 울린다. 슬픔과 우울을 눈물과 함께 쏟아버리고 나면 비로소 평온이 찾아오기 때문이다. 평온함과 함께 번진 미소는 오래오래 지속된다. 나는 웃음치료보다 울음치료를 더 많이 하는 울음치료 신봉자다.

나는 호스피스 병동의 일상을 담은 '행복 사진전'을 여러 번 열었다. 사진에는 죽음을 앞둔 어머니와 혼자 남겨질 아들이 보여주는 환한 미소, 마지막이 될 생일 케이크의 촛불을 함께 끄는 시어머니와 며느리, 통증 약을 타기 위해 병동에 들른 할아버지가 커피를 마시며 사람들과 껄껄 웃는 모습, 죽음을 앞두고도 활짝 웃는 아버지 모습 등이 담겼다. 사진을 본 사람들은 믿기지 않는 듯 "진짜 말기 암 환자가 맞나요?" 하고 묻는다. "진짜 밝게 웃으시죠? 그러니까 암도 없는 우리가 어두운 표정이면 안 될 것 같아요" 하고 내가 대답하면 다들 고개를 끄덕인다.

하지만 내가 병동에서 사진을 찍기 시작했을 때 환자와 보호자의 반응은 시큰둥했다. 아니, 셔터 소리가 들리면 영정사진을 찍는 줄 알고 카메라를 피해 달아나기도 했다. 똑같이 살아 있는 사람들인데 왜 다른 병동에서 찍는 사진은 일상 사진이고 우리 병동에서 찍는 사진은 영정사진인지 안타깝고 속상했다. 그래도 포기할 수 없어 내 눈에 비친 자연스러운 웃음을 카메라에 담기 위해 노력했다. 노래방 프로그램이 열리거나 종교인이 찾아와 영적 돌봄을 할 때마다 열심히 셔터를 눌렀다. 그렇게 포착한 35점의 순간을 액자로 만들어 병동의 벽면에 걸었다.

봄볕처럼 따사로운 웃음을 지어준 선배 환자들 덕분에 지금 환자들은 카메라를 두려워하지 않는다. 사진을 찍기 위해 새로 옷을 장만하는 할머니도 있고, 먼저 사진을 찍어달라고 청한 뒤 멋진 포즈를 잡아주시는 할아버지도 있다. 작년 이맘때 내가 카메라에 담은 얼굴 중, 지금 내 옆에 남아 있는 사람은 없다. 하지만 그들이 남긴 웃음이 있어 새로 입원하는 환자들은 스스로 웃음을 찾기 위해 노력한다. "저 사람들도 나처럼 말기 암인데 참 밝네"라고 말하면서.

말기 암 환자를 웃게 하려면 호스피스 의료진은 무얼 해야 할까? 먼저 암성 통증을 없애야 한다. 말기 암 환자가 아니더라도 아프면 웃을 수 없다. 통증은 희로애락의 감정을 모두 없애버리고 단지 고통에만 집중하게 한다.

암성 통증이 사라지면 나는 환자를 울린다. 살아오는 동안 억울했던 것과 힘들었던 것에 대해, 두렵고 외로운 죽음에 관해 말하게 한다. 위로하고 위로받고 울음을 터뜨린다. 참웃음이 터져 나오는 것은 그 다음이다. 진짜 웃음은 '울어버린' 사람, 울어서 감정의 찌꺼기를 '버린' 사람만이 지을 수 있는 것인지 모른다. 병동의 벽면을 장식한 행복한 사진 속 환자들의 웃음 뒤에는 웃음보다 더 많은 눈물이 담겨 있다.

통증을 조절하고 눈물을 쏟아버렸다면 그 다음으로 필요한 것은 어루만짐이다. 외로움과 절망감은 마음의 암세포지만 단 한 번의 어루만짐으로 완치가 가능한 병이기도 하다. 일본 호스피스 의사가 쓴《병원에서 죽는다는 것》에는 이런 내용이 나온다.

> 어느 대학병원에 여성 암 환자가 입원해 있었다. 그녀는 말기 유방암 환자였고 늘 심한 통증을 호소했다. 하루에도 몇 번씩 진통제 주사를 요구했다. 병원 측은 그녀를 그저 성가신 물건 처리하듯 다른 병원으로 보냈다. 하지만 오히려 그녀에게는 행운이었다. 왜냐하면 그 병원에는 말기 암 환자도 여느 환자와 똑같이 간호해주는 간호사들이 있었기 때문이다. 그녀는 여전히 통증을 호소하고 진통제 주사를 요구했다. 그러던 어느 날 간호사가 진통제 주사 대신 한 잔의 뜨거운 커피를 들고 갔다. 간호사는 커피를 권하며 환자의 이런저런 호소를 진심으로 들어주었다. 그 다음 날부터 그녀가 통증을 호소하는 일이 줄어들었을 뿐만 아니라 진통제 사용도 격감되었다.

우리 병동에서도 이런 일이 자주 일어난다. 단지 이야기를 들어주었을 뿐인데 눈에서 빛이 나고 통증이 줄어든다. 한 가지를 덧붙이자면 말로만 하는 대화보다 몸짓으로 다가갔으면 좋겠다. 신체 접촉은 마음에 접촉하는 것이기도 해서, 몸을 만짐으로써 마음까지 만져줄 수 있다. 피부와 피부가 맞닿는다는 것은 영양을 섭취하거나 진통제를 주사하는 것보다 훨씬 강력하고 심오하다.

과일에 씨가 들어 있듯 우리 안에는 죽음이 내재되어 있다. 죽음은 나의 삶이 시작되는 순간 함께 잉태된다. 그러나 철학적으로 죽음을 이해하는 사람이라도 의학적으로 죽음이 다가오면 불안하고 혼란스러운 감정의 소용돌이에 맥없이 휘말리고 만다. 흔적조차 없이 소멸될 육신, 혼자 내던져진 듯한 외로움, 암성 통증의 공포, 돌아갈 수 없는 세월에 대한 향수…….

삶은 힘들고 암과 함께 가는 삶은 더 힘들다. 그러나 진심에서 우러난 말 한마디, 따뜻한 스킨십은 환자의 절망감과 외로움을 달래준다. 그러기 위해서 우리는 스스로의 외로움을 먼저 치유해야 할 것이다. 호스피스 활동은 우리가 자신의 외로움을 견디고 타인의 외로움을 껴안는 방법이다. 우리가 내적 자아를 만날 때, 그리하여 스스로를 더 사랑할 때, 우리는 우리의 외로움과 타인의 외로움까지 보듬어 안게 된다.

작년 이맘때 내가 카메라에 담은 얼굴 중, 지금 내 옆에 남아 있는 사람은 없다. 하지만 그들이 남긴 웃음이 있어 새로 입원하는 환자들은 스스로 웃음을 찾기 위해 노력한다. "저 사람들도 나처럼 말기 암인데 참 밝네"라고 말하면서.

죽으면, 더 이상 아프지 않을까요?

2010년 행복 전도사 최윤희 씨 부부가 자살했다. 그녀의 유서에는 '700가지 통증에 시달려본 분이라면 저의 마음을 조금은 이해해주시리라 생각한다. 통증이 심해 견딜 수가 없는 상황에서 남편이 혼자 보낼 수 없다고 해 동반 떠남을 하게 됐다'라고 쓰여 있었다.

최윤희 씨의 자살이 무엇보다 충격적이었던 것은 그녀가 행복 전도사였기 때문이다. 그녀를 수식하던 행복 전도사라는 타이틀이 자살이라는 극단적인 선택으로 산산조각 났다고 말하는 사람들도 있지만, 매일 암 환자들의 고통을 지켜보는 나는 그녀의 마음을 이해한다. 심한 통증에 시달리는 사람은 살기보다 죽기를 원할 수 있다. 그러므로 통증은 반드시 조절해야 하고, 조절할 수 있다. 나는 생전에 최윤희 씨를 만난 적 없지만 통증 때문에 죽음을 선택한 그녀에게 의사로서 미안한 마음이 든다. 이제 최윤희 씨 부부가 고통 없는 곳에서 편안히 잠들기를 바랄 뿐이다.

해마다 5월이면 보건복지부와 전국 호스피스 기관은 '통증을 말합시다' 캠페인을 벌인다. 행사장에서는 의사와 간호사, 암 환자들이 모여 선언식을 하고 서명 운동도 한다. 한쪽에서는 통증 때문에 자살을 하고 한쪽에서는 통증을 말하자고 캠페인을 하는 모습이 일반 사람들에게는 이상해 보일지 모르겠다. 왜 통증을 말하자고 캠페인을 벌여야 할까? 의료 강국이라는 우리나라에서 왜 통증 치료가 제대로 되지 않는 것일까? 과연 죽어야만 아픔에서 벗어날 수 있을까?

50대 유방암 환자인 미자 씨의 일상은 통증이 장악해버렸다. 통증 때문에 휴식을 취할 수도, 편안하게 잠을 잘 수도 없는 미자 씨지만 그녀는 웬만해선 아프다고 말하지 않는다. 새벽에 돌발성 통증이 찾아오면 미자 씨는 내가 처방한 3mg의 모르핀 주사를 맞기보다 교회 목사님에게 전화를 걸어 기도를 부탁한다. 마음이 넉넉한 목사님은 새벽 세 시에도 평온관으로 달려와 기도를 해주시지만 그녀의 육체적 통증을 없앨 수 있는 것은 기도가 아니라 모르핀이다.

고혈압이나 고지혈증처럼 특별한 증상이 나타나지 않는 질병을 가진 환자에게 약을 복용하도록 설득하기는 어렵지만, 무시무시한 통증을 겪고 있는데도 아프다고 말하지도 않고 마약성 진통제도 거부하는 것은 어떻게 이해해야 할까? 자궁암 환자인 옥순 씨의 말에서 나는 그 속마음을 이해할 수 있었다.

"통증이 오면 죽음이 다가왔다고 느껴져요. 그래서 난 통증을 말하지 않아요. 통증을 참으면 더 오래 살 수 있을 것 같아서, 참을 수 있는 데까지 참고 있어요."

통증을 죽음의 신호로 생각한 미자 씨는 진통제를 거부한 것이 아니라 죽음을 거부했던 것이다. 그녀에게는 내가 처방한 진통제가 죽음의 문으로 가는 급행열차표로 여겨졌을 것이다.

어둠이 깊어가는 한밤, 환자는 적막한 병실에 누워 잠을 이루지 못한 채 뒤척인다. 불면은 괴롭고 외로움은 그보다 더 괴롭다. 어서 빨리 잠들었으면, 꿈속에서나마 젊고 건강한 시절로 돌아갔으면, 그래서 불면과 함께 파고드는 죽음의 공포에서 벗어났으면 하고 바란다. 그 느낌은 살아오면서 한 번도 느껴보지 못했고, 암 선고를 받기 전에는 상상도 하지 못한 감정일 것이다.

육체의 반응은 어떤 언어보다 감정을 정확하게 표현하는 것 같다. 암 환자가 깊은 밤에 자주 통증을 호소하는 이유도 통증이 감정 표현의 한 형태이기 때문이다. 그렇게 보면 '통증을 말합시다'의 핵심은 육체적인 것이 아니라 정서적인 데 있다. 호스피스 팀이 죽음에 대한 여러 가지 생각을 정리해주고 긍정적인 죽음관을 심어줄 때 환자는 비로소 통증에 대해 말하기 시작한다. 우리가 타인의 말 못 할 고통에 귀 기울일 때 그는 비로소 고통을 말할 것이다.

통증을 죽음의 신호로 생각한 미자 씨와 옥순 씨는 진통제를 거부한 것이 아니라 죽음을 거부했던 것이다. 그녀에게는 내가 처방한 진통제가 죽음의 문으로 가는 급행열차표로 여겨졌을 것이다.

(5부)

죽음은 그 모든 문제에 정답을 가지고 있다

도저히 이겨낼 수 없을 것 같은

절망에 맞닥뜨렸을 때,

아무리 애를 써도 누군가를 용서할 수 없을 때,

그래서 오늘이 마지막이었으면 하는

극단적인 바람이 들 때, 그럴 때 나는

당신이 호스피스 병동을 찾았으면 한다.

죽음은 그 모든 문제에 정답을 가지고 있다.

내일 뵐게요

오늘보다 더 나은 내일이 있을 것 같다. 미래에 대한 꿈과 희망을 가지고 살아가는 사람들에게 나는 이렇게 찬물을 끼얹는다. “내일이 완벽하게 보장된 사람은 없어요.” 그러면 사람들은 누가 그걸 모르느냐는 표정으로 “그건 그렇죠” 하고 대답한다. 그리고 보장되지 않은 내일을 위해 살아간다.

내일에 대한 희망으로 하루하루를 살아가는 것은 좋은 일이지만 나는 호스피스 병동에 근무하면서 내일보다는 오늘이, 잠시 후보다는 지금 이 순간이 더 중요하다는 것을 깨달았다. 환자에게 “그럼 내일 뵐게요” 기분 좋게 인사를 건넨 뒤 퇴근했는데 다음 날 아침 임종실에 누워 있는 환자를 만

나는 일이 종종 있다. 마지막은 어느 날 갑자기 찾아온다는 것을 머리가 아닌 가슴으로, 관념이 아닌 체험으로 실감하면서 나는 막연하고 불투명한 내일에 대한 기대를 버렸다. 그리고 기대가 사라진 자리를 오늘에 대한 의지로 채웠다.

김선구 님은 우리나라 최고의 비행기 조종사였다. 그는 180센티미터가 훌쩍 넘는 키에 미남일 뿐 아니라 엘리트 중의 엘리트였다. 공군사관학교를 졸업한 뒤 항공조종사가 되었고 가장 높은 직급까지 올라간 뒤 정년퇴직을 했다. 비행기를 타는 그는 물리적으로만 위에 있는 게 아니라 높은 지위, 높은 연봉, 모든 것이 톱인 인생을 살았다. 그러나 정년퇴직한 지 겨우 1년, 여유로운 삶을 즐길 시간도 없이 그는 폐암에 걸렸다.

대학병원에서 항암 치료를 하던 선구 님은 몸이 극도로 쇠약해지자 아내와 함께 공기 좋은 강원도로 요양을 떠났다. 그러나 좋은 공기도, 아내가 해주는 유기농 음식도 그의 병을 낫게 하지는 못했다. 상태가 극도로 악화되자 그는 구급차를 타고 일가친척들이 사는 대구로 내려왔고 우리 병동에 입원했다. 내가 그를 찾아갔을 때 그는 심한 통증과 호흡곤란에 시달리고 있었다.

"언제 내리나요?"

선구 님이 내게 건넨 첫 마디였다. 언제 삶이 끝나느냐는 말을 비행기 조종사다운 은유법으로 돌려 말한 것이었다. 내가 금방 대답하지 못하고 머뭇거리자 그는 고개를 떨어뜨리더니 이렇게 중얼거렸다.

"지겹네요……."

앞만 보고 달려온 사람들은 생이 얼마 남지 않았을 때 오로지 죽음만을 생각하며 하루하루를 견딘다. 마지막 여행을 즐기지 못하고 죽음만을 곱씹으며 보내는 하루는 얼마나 지겨울 것인가. 선구 님은 매일 멍하게 있기만 했다. 깊이 잠들면 영영 깨어나지 못할까봐 잠도 앉은 채로 잤다. 그는 더없이 길고 지루한 날을 보내고 있었다.

선구 님은 정상적인 폐가 조금밖에 남지 않은데다 암 세포가 허리뼈로 전이되어 산소호흡기를 쓴 채 앉아서 고개를 숙인 자세가 가장 편하다고 했다. 나는 땅을 쳐다보고 있는 그에게 다가간 뒤 바닥에 쪼그려 앉아 그의 얼굴을 올려다보았다. 그리고 그의 눈을 바라보며 말을 걸었다.

"기침은 덜해지셨나요?"

선구 님은 대답 대신 고개를 끄덕였다.

"다행이에요. 무섭고 불안하지는 않으세요?"

"그냥 빨리 갔으면 좋겠소."

마음에 없는 말은 입에 담지 않을 것 같은 그가 나지막하게 내뱉은 그 말은 진심일 것이다. 나는 잔잔하고 부드러운 목소리를 내려고 노력하며 말을 시작했다.

"저…… 우리 김선구 선생님은 조종사였으니까 잘 아시겠어요. 어떤 등산가가 그러는데 높은 곳에 올라갔을 때는 아래를 보지 말래요. 아래를 보면 다리가 후들거리고 무섭다고. 하지만 위를 올려다봐도 까마득하기는 마찬가지니까 그냥 지금 머물러 있는 자리만 보라고. 김 선생님, 죽음이라는 끝도 너무 깊이 생각하지 마시고 지나온 세월도 많이는 돌아보지 마세요. 그저 오늘 하루, 가족과 또 저희와 편하게 지내시면 어떨까요?"

그리고 나는 그에게 어디가 가장 아픈지, 식사는 왜 못하는지에 대해 물었다. 투병 생활의 긴긴 밤을 어떻게 보냈는지, 잠을 못 이룰 때면 무슨 생각을 하는지 그리고 그렇게 힘든 나날을 잘 견딘 선구 님이 존경스럽다는 이야기에 다다랐을 때, 그는 허리를 꼿꼿이 세운 채 희미하게 미소 지었다. 그 사이 쪼그려 앉은 나의 발이 저려오고 있었다.

돌이켜보면 참 극성스럽게 살았다. 더 나은 미래를 위해 더 열심히 공부하라고 아이들을 다그쳤다. 살다보면 도움이 되려니 싶어 아이들이 싫어하는 것도 이것저것 배우게 했다. 차 안에서 도시락을 먹여가며 이 학원에서 저 학원으로 끌고 다녔고, 애들이 피자나 햄버거를 먹고 있으면 당장 큰 병에라도 걸릴 것처럼 야단을 치며 현미 채식을 하게 했다. 내일 편하기 위해 오늘을 피곤하게 보내라고 강요했고, 내일 건강하기 위해 오늘 맛있는 음식을 포기하라고 요구하는 엄마에게 모든 것의 초점은 내일이었다. 어쩌면 없을지 모르는 내일을 위해 오늘은 없는 거나 마찬가지였다.

이제 나는 집안을 덜 쓸고 덜 닦고 대신 그 시간에 읽고 싶은 책을 읽는다. 설거지 거리가 쌓여 있어도 영화를 보러 나간다. 아이들에게 성적표에 적힌 숫자에 대해 잔소리하지 않고 공부하는 동기에 대해 묻는다. 가족과 함께 보내는 데 시간을 할애하고 일을 줄인다.

호스피스 병동에 근무하면서 나는 내일이 없는 사람이 되었다. 내일을 포기하면 뜨거운 오늘이 있다. 나중에 행복한 것보다 더 중요한 것은 지금 이 순간 행복한 게 아닐까? 오늘을 즐기는 사람이라야 마지막이 다가왔을 때 얼마 남지 않은 삶도 즐길 수 있다. 이 순간에 감사하는 것, 그것이 진짜 행복이다.

"김 선생님, 죽음이라는 끝도 너무 깊이 생각하지 마시고 지나온 세월도 많이는 돌아보지 마세요. 그저 오늘 하루, 가족과 또 저희와 편하게 지내시면 어떨까요?"

사랑하는 사람의 죽음

의사는 환자를 살리기 위해 노력해야 하지만 동시에 죽음에도 익숙해져야 한다. 대부분의 의사는 심장이 멈췄을 때 사망 선언을 하라고 배울 뿐 어떤 목소리와 어떤 태도로 사망 선언을 해야 하는지는 배우지 못한다. 죽음을 애도하는 자세와 남겨진 가족을 위로하는 방법에 대해서도 마찬가지다. 호스피스 일을 하면서 내게 가장 절실했던 것은 의과대학에서 배우지 못한 바로 그것이었다. 호스피스 의사에게 필요한 것은 환자의 심장이 멈췄다는 소식을 인간답게 전하는 방법, 주검 앞에서 흐느끼는 가족을 위로하는 방법이다.

초등학교 2학년인 지경이는 말기 췌장암인 복순 할머니가 애지중지하는 손녀딸이다. 복순 할머니는 맞벌이 부부인 지경이 부모님을 대신해 7년 동안이나 지경이를 돌보았기 때문에 두 사람 사이는 여느 할머니와 손녀 이상으로 돈독했다. 입원하기 직전까지 지경이를 보살폈을 만큼 손녀 사랑이 지극했던 할머니는 입원 후에도 지경이 자랑에 여념이 없으셨다. 일흔다섯의 나이가 믿기지 않을 만큼 고운 얼굴을 가진 복순 할머니와 그런 할머니를 빼닮은 지경이가 함께 있는 모습을 보면 남다른 두 사람의 정이 느껴져 나까지 마음이 따뜻해지곤 했다.

회진을 가면 할머니는 항상 침상에 반듯이 앉아 기도를 하고 있었다. 그러다 내가 들어서면 묵주를 쥔 손으로 내 손을 부여잡으며 "이렇게 매일 방문해줘서 고마워요" 하고 반갑게 맞아주었다. 병원에 처음 입원한 할머니는 의사가 회진하는 것을 안부인사 드리는 방문인 줄만 아셨던 것이다.

그토록 마음이 넉넉한 할머니는 지경이와의 이별을 앞두고 있었다. 며칠 전부터 소변도 나오지 않고 가래도 가랑가랑 끓었다. 할머니를 임종실로 옮겨야 할 때였다. 다음 날 아침 복순 할머니에게 회진을 갔더니 할머니는 전날보다 호흡이 가빴고 동공도 다 풀려 있었다. 떠나실 때가 된 것이었다.

고모와 함께 임종실에서 밤을 지새운 지경이의 눈이 토끼처럼 새빨갰다. 보호자인 딸이 울먹이며 내게 물었다.

"간밤에 지경이가 할머니랑 아이스크림이랑 바꾸면 안 되냐고 물으면서 얼마나 울었는지 몰라요. 우리 어머니…… 이제 안 되겠죠?"

단발머리를 단정하게 빗은 지경이는 한쪽에 앉아 훌쩍거리고 있었다. 오열을 토하는 어른들보다 혼자 조용히 눈물을 흘리는 지경이의 모습이 더 가슴 아프게 다가왔다. 나는 지경이와 임종실 소파에 나란히 앉았다. 그리고 지경이에게 《혼자 가야 해》(글 그림 조원희, 느림보 출판사)라는 그림책을 읽어주었다.

"지경아, 할머니는 뱃속에 큰 병을 가지고 계셔. 그리고 그 뱃속의 병 때문에 이제 먼 곳으로 혼자 가시는 중이란다. 할머니를 생각하면서 선생님이랑 《혼자 가야 해》를 읽어보자."

어느 날 강아지 한 마리가 눈을 감아요.
깊은 숲 속 조그만 화분에 꽃봉오리가 피어나요.

"그동안 할머니가 살아오신 예쁜 인생의 꽃이 피는 것이라 생각해도 좋겠네."

검은 개는 손님 맞을 준비를 하지요.
작은 배를 만들고, 피리를 손질하고 등불을 밝힙니다.

"할머니 한 사람을 위한 쪽배를 만들고 있지."

"선생님, 우리 할머니를 위해 누군가 기다려준다고 생각하니까 마음이 놓여요. 우리 할머니는 혼자 계신 거 무섭고 쓸쓸하다고 싫어하셨거든요."

강아지는 친구와 뛰놀던 공원을 혼자 걸어가요.

"할머니는 지경이하고 같이 밥 먹고 놀았던 추억을 지금 돌아보고 있단다."

오늘은 기차도 혼자 탔어요.
푸른 안개를 따라온 강아지가 검은 개를 만납니다.
어린 강아지, 떠돌이 강아지, 아픈 강아지, 할아버지 개
모두 푸른 안개를 따라왔지요.

"그런데 모두 혼자 왔지. 이렇게 혼자 가야 하는 길을 지금 지경이 할머니도 혼자 떠나고 있단다."

검은 개가 피리를 붑니다.
아름다운 피리소리에 꽃들이 활짝 피어나요.
맑고 향기로운 영혼들
강아지는 검은 개를 따라갑니다.
강가에 작은 배가 기다리고 있지요.

"이 쪽배에는 할머니만 타고 갈 수 있단다. 할머니가 아무리 지경이를 사랑해도 태워줄 수 없어."

'여기부터는 혼자 가야 해.'
'슬퍼하지 마. 난 그냥 강을 건너가는 거야.'

"지금 할머니의 얼굴을 보렴. 마치 이 그림처럼 씩씩해 보이지 않니? 그렇게 할머니는 혼자서 잘 떠나고 있는 거니까 너무 슬퍼하지 말았으면 좋겠어."

그리고 나는 지경이 어깨를 살며시 끌어안았다. 두 눈에 눈물이 그렁그렁했지만 지경이는 고개를 연신 끄떡였다.

호스피스 병동에 온 보호자들은 대부분 두 번 운다. 처음에는 마지막 병동이라는 호스피스에 환자를 입원시킬 때, 다음에는 임종실로 환자를 옮길 때. 내가 가족들을 위로하는 방법은 소박하다. 임종실에 가기 전 나는 두 가지를 준비하는데 하나는 지경이에게 읽어준 그림동화책 《혼자 가야 해》이고, 또 하나는 '임종실 생활 안내문'이다.

《혼자 가야 해》를 읽어줄 때 나는 두 가지 소망을 담는다. 하나는 남은 사람들이 떠나는 사람과 있었던 아름다운 추억을 회상하며 그의 길을 배웅해주기 바라는 마음이다. 작은 강아지처럼 우리가 언젠가 저마다의 쪽배에 몸을 싣고 혼자 강을 건널 때, 사랑하는 사람들이 옆에서 지켜봐준다면 혼자 가는 길도 외롭고 두렵지만은 않을 것 같다.

또 하나는 가족들이 사랑하는 사람의 죽음을 통해 자신들의 죽음을 배웠으면 하는 바람이다. 언젠가는 내가 탈 쪽배도 다가올 것이다. 내 몸 하나 겨우 실을 수 있는 그 쪽배에는 돈도, 권력도, 사랑하는 사람도 태울 수 없다. 실을 수 없는 것을 가지기 위해 안간힘 쓰기보다는 사랑하는 사람들과의 추억을 간직한 채 배를 타면 좋지 않을까.

《혼자 가야 해》와 함께 건네는 또 다른 글 〈임종실 생활 안내문〉은 처음으로 보는 죽어감과 죽음의 현상에 대해서 설명한 글이다. 죽을 때 나타나는 자연스러운 신체적 변화에 대해 알고 있으면 가족들이 덜 당황해하지 않을까 하는 마음에서 준비한 글이다. 이곳에 옮겨본다.

【임종실 생활 안내문】

우리는 언젠가 죽습니다. 그 순간이 이제 다가왔습니다.
다음은《술 취한 코끼리 길들이기》에서 발췌한 내용입니다.

아잔 브라흐만은 임종의 순간을 이렇게 말했습니다.
어떤 훌륭한 콘서트가 막을 내려도 나는 결코 슬픔을 느끼지 않았다. 아버지가 돌아가셨을 때의 나의 감정이 정확히 그것과 같았다. 아버지의 죽음은 마치 멋진 콘서트가 마지막 막을 내린 것과 같았다. 너무도 훌륭한 연주였다.
하지만 결국 아버지가 '악기를 챙겨 집으로 돌아갈' 순간이 왔다.
아버지가 영원히 내 삶을 떠났음을 알고 있었지만 나는 슬퍼하지 않았다. 울지 않았다.
얼마나 훌륭한 아버지인가! 아버지의 삶은 내게 얼마나

강한 영감을 주었는가! 내가 아버지 옆에 있었다는 것이 얼마나 행운인가! 아버지 아들이었다는 것이 얼마나 운이 좋은가!
고마워요, 아버지.

이제 사랑하는 분은 떠나실 준비를 합니다. 수포음이라는 가래가 많은 호흡소리가 들리기도 하고, 몸과 얼굴에는 불수의 수축이 일어나기도 합니다. 소변이 나오지 않고, 검은 눈동자가 점점 커집니다. 근육이 이완되고 호흡이 멈추고 심장이 멈추면 모든 것이 끝납니다.
이러한 임종의 단계는 힘들고 고통스러운 것이 아니므로 보호자 분께서는 안심하셔도 됩니다. 임종의 단계에서 임종까지의 시간은 사람마다 다르므로 초조해하지 마시고, 그 순간을 기다려주십시오. 산소포화도나 혈압 등의 모니터를 보는 것보다 환자의 손을 잡아드리고, 이제는 영원히 볼 수 없는 얼굴을 보시는 것이 현명합니다.
평온실 안에서 식사를 하시거나 언성을 높이는 일이 가끔 있습니다. 자료에 따르면 가장 늦게까지 남아 있는 감각이 청각입니다. 이제 곧 떠나시는 분 앞에서 좋은 말씀만 남기셨으면 합니다. 식사는 평온관 내의 가족실이나 식당을 이용하셔서 고인이 음식 냄새와 함께 떠나는 일이 없도록 해주세요.
누구나 죽음은 한 번만 오는 첫 경험이자 마지막 경험입니다. 마음과 몸이 힘드시더라도 저희 평온관 식구가 같이 위로하고 끝까지 함께하겠습니다. 마지막 순간까지 환자를 위해 최선을 다할 수 있도록 협조 바랍니다.

상처의 교환

나는 소설가 박완서 님을 좋아한다. 그녀는 마흔 살이라는 늦은 나이에 등단하여 한국 문단의 큰 나무가 되었다. 마흔 살에 의사 생활을 시작한 나는 뒤늦은 수련 생활이 서럽고 고달플 때면 박완서 님을 떠올리며 스스로를 위로했다. 특히 호스피스 생활을 하면서 읽은 박완서 님의《잃어버린 여행가방》은 내 마음에 크게 와 닿았다. 그 책의 한 대목을 옮긴다.

> 독일의 한 공항에서는 1년에 한 번씩 분실하고 찾아가지 않은 여행가방을 열어보는 행사를 한다. 구깃구깃 넣은

때 묻은 속옷이 나오기도 하고, 사랑하는 사람에게 줄 선물 꾸러미도 나온다. 물건이 나올 때마다 사람들은 환호성을 울린다. ……중략…… 나도 여행가방을 잃어버린 적이 있다. 그때 잃어버린 여행가방은 영영 돌아오지 않았다. 만일 누가 그 가방을 연다면 더러운 속옷과 양말이 꾸역꾸역, 마치 죽은 짐승의 내장처럼 냄새를 풍기며 쏟아져 나올 것이다. ……중략…… 그러나 내가 정말로 두려워해야 할 것은 이 육신이란 여행가방 안에 깃들었던 내 영혼을, 절대 기만할 수 없는 엄정한 시선, 숨을 곳 없는 밝음 앞에 드러내는 순간이 아닐까.

호스피스 의사가 사람과 사람 사이를 다니는 여행자라면 호스피스 병동은 마지막에 도달하는 공항일 것이다. 우리는 이 공항에 다다랐을 때 인생이라는 여행가방을 열어본다. 여행가방에 어떤 것들이 채워져 있어야 우리는 지난 세월을 행복하게 반추할 수 있을까?

스님처럼 머리를 빡빡 민 병하 할아버지가 입원했다. 항암 치료로 대머리가 된 환자들은 흔했지만 푸르스름한 민머리가 드러나도록 머리카락을 몽땅 밀어버린 환자는 그가 처음이었다. 병동에 도착하자 할아버지는 다짜고짜 소리를 지르기 시작했다. 무언가를 질책하는 고함이 아니라 상처 입은 짐승 같은 울부짖음이었다. 당장 진정제를 쓰지 않으면 큰 사고가 일어날 것 같아 응급조치부터 한 뒤, 어쩔 줄 모르고 침대 옆에서 발만 동동 구르는 광자 할머니를 진료실로 데려가 상담을 시작했다.

할머니께 여쭤보니 암이 폐에서 머리로 전이되어 방사선 치료를 위해 이전 병원에서 머리를 밀어버렸는데, 그 다음부터 할아버지가 지금 같은 증상을 보이기 시작했다고 한다. 정작 해야 할 방사선 치료는 하지도 못하고 머리만 민 채 호스피스로 옮겨진 상황이었다. 상담 중에 도착한 40대 중반의 딸은 병하 할아버지의 고통은 아랑곳하지 않고 그저 광자 할머니가 힘들까봐만 걱정했다. 암에 걸린 아버지는 어떻게 되어도 상관없다니, 선뜻 이해가 가지 않았다.

병하 할아버지가 전 재산을 가지고 가출한 것은 40여 년 전의 일이었다. 본처인 광자 할머니와 어린 아들딸을 버리고 집을 나간 할아버지는 다른 여자와 살림을 차렸고, 광자 할머니는 그 충격으로 약간 말을 더듬게 되었다. 하지만 할머니는 교회에 다니며 종교의 힘으로 충격과 외로움을 이겨냈다. 혼자 힘으로 두 아이도 잘 키워냈다. 아들은 목사 수업을 받기 위해 미국으로 유학을 떠났고 딸도 번듯한 남자와 결혼했다. 그 사이 할아버지는 아들과는 가끔 연락을 했지만 할머니와는 남처럼 지냈다고 한다.

할아버지가 여자관계를 청산하고 광자 할머니에게 돌아온 것은 불과 한 달 전이었다. 늘 숨이 턱까지 차 있는 게 이상해 대학병원에서 검사를 받았더니 머리까지 전이된 말기 폐암이었다. 40여년 만에 치유할 수 없는 병을 안고 돌아온 남편. 꽃 같은 나이에 좋은 시절을 배신감과 외로움 속에서 보냈을 할머니. 일흔을 넘긴 나이에도 깨끗하고 고운 얼굴을 간직한 광자 할머니에게는 그런 사연이 있었다.

나는 병하 할아버지에게 방사선 치료의 중요성에 관해 되풀이해서 말씀드렸다. 할아버지는 마음의 안정을 찾자 대학병원에서 치료를 받고 돌아왔다. 그 사이 병하 할아버지가 가장 좋아하는 아들이 미국에서 돌아왔고, 덕분에 할아버지의 상태도 많이 호전되었다.

어느 날 아들이 병하 할아버지의 휠체어를 밀며 산책하는 모습을 보았다. 멀찍이서 다소곳한 걸음걸이로 뒤를 따라가는 광자 할머니를 보자 마음이 짠했다. 광자 할머니에게 왜 할아버지를 용서해드렸는지 여쭤보자 할머니는 얼굴을 붉히며 수줍게 대답하셨다.

"안 보는 정도 사랑인가 봐."

어쩌면 인간관계는 상처의 교환인지 모른다. 상처를 주지도 받지도 않는 사람은 없겠지만, 우리는 남에게 입힌 상처는 쉽게 잊으면서 남에게 받은 상처는 곱씹으며 나와 타인을 생채기 내는지 모른다. 그 상처를 치유하기 위해 우리는 용서를 말하지만 내려놓음과 다르지 않은 용서란 얼마나 힘겨운 것일까. 나는 광자 할머니에게서 사랑보다 더 큰 용서를 보았다.

오늘도 누군가 호스피스 병동에 들어선다. 그가 가져온 여행가방에는 살아온 모든 날이 담겨 있다. 병실에는 입원해 있는 사람들 숫자만큼의 여행가방이 존재하고 여행가방에는 다채로운 이야기가 담겨 있다. 호스피스 팀은 복잡한 갈등이 담긴 가방 앞에서 조심스러워진다. 광자 할머니의 이야기처럼 사랑이 가득 담긴 영혼의 가방이 열릴 때 우리는 인생에서 진정으로 아름다운 순간을 목도하게 된다.

마지막 순간 내 영혼의 가방에서 반짝반짝 빛나는 무언가를 발견하려면 나는 오늘 무엇을 담아야 할까? 내가 집착하는 것이 영혼의 가방 속에서 아무 빛도 내지 못한다는 것을 깨달으면 포기도 쉬워질 것이다. 박완서 님의 말처럼 우리가 '정말로 두려워해야 할 것은 육신이란 여행가방 안에 깃들었던 내 영혼을, 절대 기만할 수 없는 엄정한 시선, 숨을 곳 없는 밝음 앞에 드러내는 순간'이니까.

> 호스피스 의사가 사람과 사람 사이를 다니는 여행자라면 호스피스 병동은 마지막에 도달하는 공항일 것이다. 우리는 이 공항에 다다랐을 때 인생이라는 여행가방을 열어본다. 여행가방에 어떤 것들이 채워져 있을 때 우리는 지난 세월을 행복하게 반추할 수 있을까?

좋은 죽음이란

요즘 어르신들의 소망은 '구구팔팔이삼사'란다. 99세까지 팔팔(88)하게 살고 2, 3일 앓다 4일 만에 죽자는 뜻이다. 한평생 죽음을 연구한 엘리자베스 퀴블로 로스는 죽음의 의사답게 손자 손녀가 침대 주위를 뛰어노는 가운데 삶의 마지막을 완성했다. 그녀의 나이, 78세였다. 대부분의 사람이 엘리자베스 퀴블로 로스와 같은 죽음을 원할 것이다. 나이는 적어도 80세 전후인 게 좋을 듯 하고, 자식들을 잘 키워놓았어야 하고, 병마의 고통에 시달리지 않고, 고통 없이 잠들 듯 죽는 것. 흔히 우리는 이것을 '좋은 죽음'이라고 한다.

하지만 좋은 죽음에 대한 나의 생각은 다르다. 죽음은 성난 바다와 같아 언제든지 삶을 덮칠 수 있고, 슬픔은 폭풍우 치는 날의 파도처럼 언제든 범람할 수 있다. 태어남을 선택할 수 없듯 죽음 또한 선택할 수 없는 우리는 쓰나미처럼 닥쳐오는 갑작스런 죽음 앞에서 웰다잉well-dying을 기대할 수 없는 것일까?

나는 좋은 죽음에 대한 정의가 바뀌어야 한다고 생각한다. 좋은 죽음에 관해 충고하는 책들은 하나같이 '유언을 하고 장기기증을 하고 사전 의료 지시서를 쓰라'고 말한다. 그러나 나는 아무리 철저하게 준비해도 그것을 실천하는 게 얼마나 어려운지 우리 병동에서 매일 본다.

예를 들어 암 환자는 신체 상태 때문에 장기기증을 할 수 없다. 오랜 심사숙고 끝에 자신의 몸을 해부용 시신으로 기증할 결심을 하는 환자도 있지만, 우리 병동에서는 한 번도 기증이 이루어지지 않았다. 보호자가 원하지 않기 때문이다. 살아가는 동안 계획이 계획으로만 끝나는 일이 너무 많듯이 죽음에 대한 계획도 헛된 시도로 끝나는 경우가 많다.

좋은 죽음을 배우는 방법에 대해서도 나는 다른 생각을 가지고 있다. 책으로 배우거나 서류로 준비하기보다 마음으로 배우는 게 중요하다. 누군가 우리 곁을 떠나는 슬픔을 겪고 나서야 아주 조금 배울 수 있는 것이 죽음이다. 그렇기 때문에 우리는 서로가 서로에게 스승이 되어야 하는 운명이다.

자그마한 키에 희끗희끗한 흰머리가 잘 어울리는 50대의 준하 아저씨는 우리 병동 봉사자 대표인 양을천 회장님의 추천으로 연주 봉사를 나오게 되었다. 기독교 신자인 그는 우리 병동에 봉사를 다니기 전에도 교회 사람들의 장례식장에서 하관下棺 때 색소폰 연주를 했다고 한다. 산에서 들려오는 감미로운 색소폰 소리는 장례식에 참석한 사람들의 슬픔을 위로해주었을 것이다.

그는 연주 솜씨만 멋진 게 아니라 매주 교회에서 하는 무료급식에 참여해 밥을 나르는 따뜻한 사람이기도 했다. 그가 호스피스 병동에 오는 목요일이면 병원에는 케니 지의 멋진 연주곡이 울려 퍼졌다. 다른 병동의 환자들까지 그의 연주를 들으러 호스피스 병동으로 몰려들었다.

그가 우리 병동에 봉사를 나온 지 3개월이 지난 어느 날, 양을천 회장님이 전화를 걸어 다급한 목소리로 말했다. 준하 아저씨가 사고를 당해 우리 병원 장례식장인 국화원에 있다는 것이었다. 지난주만 해도 활기찬 얼굴로 평온관에 와서 환자들의 마음을 다독여줬던 그였는데…….

유난히 비가 많이 왔던 그 여름, 준하 아저씨가 떠나던 날에도 한 치 앞을 분간할 수 없는 폭우가 쏟아졌다. 그는 포항에 사는 아버지의 과수원에 농약을 치고 돌아오다가 빗길에 차가 전복되는 사고를 당했다. 그길로 손을 써볼 새도 없이 떠나버린 것이었다. 준하 아저씨의 갑작스러운 죽음은 그를 아는 모든 사람들에게 큰 충격이었다. 나 또한 그를 안 지 얼마 되지는 않았지만 머리를 둔기로 맞은 듯 멍했다.

병동 식구들과 함께 장례식장을 찾았을 때 우리는 준하 아저씨의 환한 미소를 국화꽃다발 속 영정사진에서 볼 수 있었다. 아직 젊은 그의 아내와 고등학생으로 보이는 딸이 조문객을 맞이하고 있었다. 돌보아야 할 이들이 있어 마지막 길을 떠나는 준하 아저씨의 발걸음이 무겁지 않았을까. 그러나 갑작스러운 죽음에도 불구하고 장례식장의 분위기는 차분하고 조용했다. 준하 아저씨가 평소에 보여준 삶의 태도 때문인 듯했다. 사람들은 준하 아저씨가 천국에 갔을 거라고 했다. 나도 비를 뿌리는 먹구름 뒤에서 준하 아저씨가 웃는 얼굴로 나를 지켜보고 있는 듯한 상상에 빠졌다.

준하 아저씨의 죽음은 보통 사람들이 원하는 죽음과 큰 차이가 있을 것이다. 하지만 그의 마지막은 내가 목격한 수많은 죽음 중 가장 좋은 죽음이었다.

조용히 흥행몰이를 했던 영화 〈울지 마 톤즈〉는 아프리카의 아이들을 위해 벽돌을 구워 병원을 짓고, 아이들의 미래를 위해 학교를 꾸려나가는 이태석 신부님의 삶을 담고 있다. 이태석 신부님은 대장암에 걸려 짧은 투병 생활을 하다 죽음을 맞이했다. 눈물을 보이는 것을 수치로 여기는 딩카족 주민들이 이태석 신부님의 영정을 들고 음악을 연주하며 행진하는 모습은 나를 숙연하게 만들었고, 사랑과 소통에 대해 다시 한 번 생각하게 했다.

이태석 신부님의 죽음이 멋진 것은 죽음 이전에 빛나는 생이 있었기 때문일 것이다. 최선을 다해, 남에게 기쁨을 주며 살았던 사람은 갑작스런 죽음을 걱정하지 않는다. 그의 생이 우리에게 알려주는 것들 중 하나는 결국 좋은 죽음은 좋은 삶에서 비롯된다는 진실이다. 좋은 삶을 완성하기 위해서는 자신의 마지막을 상상해야 한다. 좋은 죽음이 좋은 삶에서 비롯되는 것처럼, 좋은 삶은 좋은 죽음을 상상하는 데에서 시작된다.

오늘도 나는 임종실에서 하루를 연다. 죽음과 가까이 지내면서 나는 예전보다 건강해졌고 열정적으로 살아갈 용기를 얻었다. 죽음은 평생을 함께한 육신과 영혼이 분리되는 일이자 사랑했던 모든 것과의 영원한 이별이다. 하지만 좋은 이별은 잃는 것이 아니라 얻는 것이다. 나의 환자들, 사랑했던 사람들…… 그들과의 이별을 통해 내가 배운 것은 죽음이 아니라 삶이다.

> 누군가 우리 곁을 떠나는 슬픔을 겪고 나서야 아주 조금 배울 수 있는 깃이 죽음이다. 그렇기 때문에 우리는 서로가 서로에게 스승이 되어야 하는 운명이다.

인생의 마지막 상자를 쌓는 법

셰익스피어는 '끝이 좋으면 다 좋다'고 말했다. 사랑도 이별을 잘해야 서로에게 상처 주지 않고 업무도 마무리를 잘해야 후임자에게 비난 받지 않는 것처럼, 인생에 대해서도 '메멘토 모리Memento Mori'라는 말을 사용하면 좋을 것 같다.

메멘토 모리는 '기억하라'는 의미의 '메멘토'에 죽음이라는 의미인 '모리'가 더해진 말로 '죽음을 기억하라Remember the Death'는 뜻의 라틴어다. 우리에게는 〈메멘토〉라는 영화로 친숙해진 단어지만 중세 수도사들은 메멘토 모리로 아침인사를 대신했을 만큼 이 말을 즐겨 썼다. 나도 호스피스 교육을 할 때 이 말을 곧잘 인용했는데 죽음을 기억하라는 말은 사람에 따라 다양하게 받아들여지는 것 같다. 메멘토 모리, 이 말을 어떻게 해석하면 좋을까? 그리고 죽음을 기억해서 무엇을 할 수 있을까?

나는 메멘토 모리를 호스피스 활동과 연결하여 생각해보라고 권하고 싶다. 인생의 마지막에 묵어가는 여관에서 웰다잉을 위해 어떤 노력을 하고 있는지 안다면 메멘토 모리의 참 의미를 즐길 수 있을 것 같다.

자기만의 상자를 차곡차곡 쌓아가는 작업이 인생이라면 가장 꼭대기에는 모리(죽음)라는 이름의 상자가 자리한다. 이 상자를 잘 올려놓으면 인생이 안정적으로 완성되지만 잘못 올려놓으면 기껏 쌓은 상자가 와르르 무너질 것이다. 사람이 혼자 죽을 수 없다는 것은 그 마지막 상자를 혼자 쌓을 수 없다는 뜻과 같다. 남는 사람이 떠나는 사람의 인생을 함께 돌아봐줄 때, 떠나는 사람을 위해 아낌없이 자신의 시간을 내어줄 때, 비로소 웰다잉, 마지막 상자 쌓기가 끝난다.

미분 할머니가 다시 살아났다. 오후 열 시, 간호사들은 산소 수치가 떨어지고 호흡이 가파진 미분 할머니를 임종실로 옮겼다. 말기 폐암인 미분 할머니는 머리와 골반뼈로 암이 전이되어 호스피스에 입원했다. 이주 전부터 하루 종일 침대에만 누워 계셨는데 이제 떠날 시간이 된 것이었다.

그런데 다음 날 내가 출근했을 때 미분 할머니는 여전히 임종실에 계셨고 훤칠한 키에 검정 양복을 입은 젊은이가 할머니 옆을 지키고 있었다. 나는 한눈에 그가 미분 할머니의 손자임을 알아보았다. "우리 손자는 치과 의사야. 손자가 아니라 금덩이지" 하고 평소에도 손자 자랑이 유난하셨던 할머니였다. 손자 부부와 돌이 막 지난 증손자가 함께 찍은 사진이 할머니의 휴대폰 배경 화면이었다.

곧 돌아가실 것처럼 위독해 보이던 미분 할머니는 어쩐 일인지 통증과 호흡 곤란이 없어지면서 안정된 상태가 되었다. 할머니 옆에서 밤을 지새운 손자가 출근을 하자 다른 가족들이 교대로 할머니의 곁을 지켰다. 그리고 다음 날도, 다음 날도 할머니는 편안했다. 의식은 없었지만 임종실을 나와 일반 병실로 옮겨도 될 만큼 안정을 되찾으셨다.

미분 할머니는 손자 손부와 사이가 좋았지만 큰아들 큰며느리와는 불편한 관계였다. 멀리 사는 딸은 주말을 제외하곤 매일 할머니를 찾아왔지만 아들과 며느리는 내내 방관자였다. 할머니가 손자 집에 다녀오고 싶다고 하셔서 내가 외박을 허락해드렸을 때에는 며느리가 병동을 발칵 뒤집어놓기도 했다. 그녀는 내게 왜 외박을 허락했느냐며 할머니 때문에 자기 아들이 힘들었다고 따졌다.

며느리의 거친 언사보다 내게 더 큰 상처가 된 것은, 삶의 막바지에서 가족의 눈치를 봐야 하는 미분 할머니의 고개 숙인 모습이었다. 며느리와 달리 할머니에 대한 애정이 지극했던 손자가 "어머니가 할머니한테 하시는 만큼 저도 어머니한테 하겠습니다" 하고 말한 다음부터 며느리는 병동에 발걸음도 하지 않았다.

할머니의 죽어감이 길어지자 아들이 상담을 요청해왔다. 상담실에 들어선 그는 잔뜩 화가 나 있었다. 할머니가 목욕을 하시면 건강이 더 안 좋아질 것 같아서 내가 목욕을 하지 못하게 했는데 그게 불만이라고 했다. 하지만 그 불만은 사소한 것에 불과했다.

진짜 그를 화나게 한 것은 호스피스 팀이 할머니의 상태를 잘못 판단해 임종실로 옮기는 바람에, 그가 막내아들 대학졸업식에 참석하지 못한 일이었다. 두 번째로 화나게 한 것은 할머니가 제때 떠나지 않아서 골프 약속을 취소한 일이었다. 임종실로 할머니를 옮긴 간호사의 말에 의하면 그는 간호사에게도 심하게 화를 냈다고 한다.

서른 즈음에 남편을 떠나보내고 홀로 사남매를 키운 미분 할머니였다. 어머니의 인생을 추억하고 존경한다면 그럴 수는 없었다. 나는 아들의 불만에 대해 대답하는 대신 내가 본 미분 할머니에 대해 이야기했다.

"할머니와 함께 지낸 한 달 보름 동안 저는 정말 행복했습니다. 아드님은 병동에 잘 오시지 않아 모르시겠지만, 할머니는 성경이나 동화책을 읽어드리면 집중해서 들어주시고 박수도 쳐주셨습니다. 카랑카랑한 할머니 목소리가 그립네요. 요즘도 여자 혼자 자식을 키우는 건 힘든 일입니다. 할머니가 그토록 어렵고 힘든 길을 걸어오신 분이라는 것, 누구보다 아드님이 잘 아시겠지요. 그런 할머니의 인생에 이제 막이 내려가고 있습니다. 다른 사람들보다 조금 천천히 내려가고 있습니다. 조금 긴 임종 단계는 남아 있는 사람들을 위한 할머니의 마지막 배려라고 생각하시면 안 될까요?"

우리는 영화나 드라마에서 봤던, 맑은 정신으로 유언을 하고 곧바로 숨을 거두는 죽음을 상상한다. 하지만 죽음 이전에는 죽어감의 시간이 있다. 현실에서 사람들은 의식이 저하되고 소변이 나오지 않는 등의 단계를 거쳐 죽음에 이른다. 죽어감이 길어지면 가족들은 불안해하기도 하고 초조해하기도 한다. 가끔은 미분 할머니의 아들처럼 강하게 항의를 하는 보호자도 있다.

하지만 나는 남는 사람들이 죽음과 죽어감에 의미를 부여하면서 떠나는 사람을 도왔으면 한다. 죽어감이 3주일 정도로 길어지면 환자가 기다리는 사람이 있거나 떠나지 못할 한이 있다고 생각하기도 한다. 그럴 때는 먼 친척과 소원해진 지인들을 불러 이별 인사를 건네게 한다. 그밖에도 다른 방법들이 있겠지만, 중요한 것은 떠나는 사람의 마지막 상자를 차분하고 경건한 마음으로 쌓아주는 것이다. 남은 사람들의 병든 죽음관이 떠나는 사람의 죽음을 망칠 수 있다. 미분 할머니의 죽음을 병든 죽음으로 만들어버린 것은 미분 할머니 자신이 아니었다.

옥희 할머니는 단정하게 빗어 넘긴 백발에 쪽비녀를 꽂고 우리 병동에 왔다. 간암으로 입원한 외아들을 간병하기 위해서였다. 할머니의 아들은 4년 전 여름 B형 간염 바이러스로 인한 간암을 진단받았고 열네 차례의 색전술을 실시했다. 하지만 올해 초 암은 척추까지 전이되었고 평온관에 올 때에는 하반신이 마비된 데다 엉덩이에 손바닥만 한 욕창까지 있었다.

그래도 그는 옥희 할머니가 싸온 여러 가지 음식을 맛있게 먹었고, 할머니가 불러주는 찬송가를 들으면서 편안하게 지냈다. 아픈 자식을 데리고 온 부모들은 보통 병동에서 오열을 하기 마련인데 옥희 할머니의 침착하고 평화로운 모습은 죽음에 익숙해져가는 내게도 놀라운 광경이었다. 전쟁 중에 남편을 잃고 평생을 아들에게 의지하며 살아온 할머니였다. 그토록 귀한 자식이니 "아들만 안 아프면 아무 걱정이 없겠어"라는 옥희 할머니의 말은 진심이리라.

아들에게 간성혼수가 오자 할머니는 약해진 몸으로 외아들의 관장을 도와주었다. 석양이 붉게 물드는 오후 회진 때, 아들의 옆에서 졸고 있는 옥희 할머니를 보았다. 할 수만 있다면 아들 대신 자신이 아프고 싶은 게 부모 마음이지만 그 또한 인력으로 되지 않는 일이었다. 할머니는 자신의 힘으로 어찌할 수 없는 일을 막아보려 애쓰기보다는 자신이 할 수 있는 일을 통해 아들의 마지막 상자를 정성스레 쌓고 있었다.

사람마다 태어남은 모두 다르다. 순조롭게 자연분만으로 태어나는 사람도 있고 제왕절개술로 세상에 나오는 사람도 있다. 일찍 태어나서 인큐베이터 생활을 하기도 하고 며칠에 걸친 산통 끝에 태어나기도 한다. 우리는 모두 다른 상황, 다른 모습으로 태어난다.

죽어감도 마찬가지다. 어떤 상황에서 어떤 모습으로 죽을지 알 수 없지만 나의 환자들은 대부분 자신의 삶을 잘 정리했다. 그래서 인생의 마지막 상자를 쌓는 웰다잉은 남는 사람들의 역할이 더 큰 것 같다. 끝이 좋으면 다 좋다는 말처럼 인생의 마지막 상자를 잘 쌓으면 그 인생은 좋은 것이 된다. 호스피스는 인간이 인간에게 줄 수 있는 마지막 선물 상자다. 진정한 메멘토 모리는 자신의 마지막 상자를 준비하기 위해 다른 사람의 상자를 쌓아주는 일에서 시작된다. 그때 우리는 비로소 죽음을 기억할 수 있게 될 것이다.

> 남는 사람이 떠나는 사람의 인생을 함께 돌아봐줄 때, 떠나는 사람을 위해 아낌없이 자신의 시간을 내어줄 때, 비로소 웰다잉, 마지막 상자 쌓기가 끝난다.

이야기를 마치며

환자들이 들려준 인생의 비밀

옛날 사람들은 사람이 죽으면 별이 된다고 믿었다. 하지만 그것은 인간의 아름다운 상상일 뿐 과학을 신봉하는 우리는 별이 빛을 발하는 천체에 지나지 않는다는 것을 알고 있다. 그래도 나는 밤하늘을 올려다볼 때마다 세상을 떠난 누군가의 영혼이 저 멀리서 깜빡이고 있다고 생각한다. 그렇게 삶과 죽음 사이에 희미한 별빛이라도 남아 있다고 생각하면 위로가 된다.

사는 데 서투른 나는 죽음을 돌보는 데도 여전히 서투르다. 그래도 나는 나를 성숙하게 만들어주는 이곳, 인생의 마지막 병동을 사랑한다. 강요하지 않아도 용서와 화해가 자연스럽게 이루어지는 곳, 이기심과 욕망과 집착을 내려놓고 정말 소중한 것들로 삶을 채워나가는 곳. 내게 호스피스 병동은 성지城地와 다르지 않다. 가끔은 안타깝게 꼬인 채 마무리되는 삶을 보기도 한다. 그조차 삶의 한 단면이려니 받아들인다.

그러나 인생의 모든 굽이굽이가 그렇듯 호스피스에 어떻게 행복한 순간만 있을까. 한밤중에 병동에서 걸려온 응급 전화를 받고 뜬눈으로 밤을 지새울 때, 병원 시스템과 내가 생각하는 호스피스의 요건이 맞지 않아 투쟁 아닌 투쟁을 해야 할 때, 마음을 쏟은 환자들과 이별한 후 감정에서 헤어나지 못할 때…… 그럴 때면 "엄마가 호스피스에서 일하지 않았으면 좋겠어"라는 딸아이의 투덜거림이 솔직한 나의 속내인지도 모르겠다. 스스로에게 책임감을 부여하면서까지 호스피스에 매달리는 이유는 인생의 중년을 넘어오면서, 좋아하는 일을 하라는 말보다 해야 하는 일을 하라는 말이 더 마음에 와 닿기 때문이다.

세상의 자투리로 남은 한 구석이나마 내가 밝게 빛낼 수 있으면 좋겠다. 영영 돌아오지 못할 여행을 떠나는 사람들에게 이 세상이 정말 아름다운 곳이었다고 느끼게 해줄 수 있으면 좋겠다. 언젠가 나의 환자들처럼 작은 쪽배를 타고 망

각의 강을 건널 때 설레는 마음으로 싣고 갈 보따리 하나를 장만해둔다는 욕심도 부려본다. 어쩌면 나는 환자를 돌보는 게 아니라 언젠가 다가올 나의 미래를 돌보고 있는지 모른다.

가끔은 내가 말기 암에 걸려 병동에 누워 있는 꿈을 꾼다. 엄청난 고통과 슬픔 속에서 나는 비명을 지를 수도, 울음을 터뜨릴 수도 없다. 가위에 눌려 손가락 하나 움직일 수 없을 때, 이 악몽에서 영영 깨어나지 못하리라는 무서운 예감에 사로잡힐 때, 그런 순간에조차 나의 뇌리를 떠나지 않는 것은 내가 없는 세상에 남겨질 아이들이다.

악몽을 꾸고 난 다음 날 아침이면 나는 내가 환자들을 더 많이 사랑할 수 있게 해달라고 기도한다. 환자들이 편안히 눈을 감는 순간까지 그들을 위로하고 또 위로하는 것이 내가 '해야 할 일'이라는 것을 새삼 깨닫는다. 고귀한 일을 한다고 추켜세우는 사람들이 있는가 하면 죽이는 의사라고 무시하는 사람들도 있지만, 나는 호스피스를 해야 할 일이라고 여기고 묵묵히 할 뿐이다.

내가 이 책을 통해서 하고 싶었던 이야기도 그런 것이다. 도저히 이겨낼 수 없을 것 같은 절망에 맞닥뜨렸을 때, 아무리 애를 써도 누군가를 용서할 수 없을 때, 그래서 오늘이 마지막이었으면 하는 극단적인 바람이 들 때, 그럴 때 나는 당신이 호스피스 병동을 찾았으면 한다.

죽음은 그 모든 문제에 정답을 가지고 있다. 좋은 환자는 좋은 환자대로, 힘든 환자는 힘든 환자대로 내게 인생의 비밀을 알려주었다. 나는 그것을 들리는 대로, 보이는 대로 이곳에 옮겼다. 작가도 아니고 문학 수업을 받은 적도 없는 내가 이 글을 쓸 수 있었던 것은 모두 내 환자들의 힘이다. 밤하늘에 반짝이는 별처럼, 나는 그들 한 사람 한 사람이 세상에서 마지막으로 만나는 따뜻한 의사이고 싶다.

김여환

참고문헌

《암성 통증관리지침 권고안》 보건복지가족부, 2008.

《암환자를 위한 완화의학》 Janet L. Abrahm, 김준석 외 옮김, 고려대학교출판부, 2008.

《마지막 사진 한 장》 베아테 라코스, 장혜경 옮김, 웅진지식하우스, 2008.

《죽을 때 후회하는 스물다섯 가지》 오츠 슈이치, 황소연 옮김, 21세기북스, 2009.

《상실 수업》 엘리자베스 퀴블러 로스, 데이비드 케슬러 공저, 김소향 옮김, 이레, 2007.

《인생 수업》 엘리자베스 퀴블러 로스, 데이비드 케슬러 공저, 류시화 옮김, 이레, 2007

《사후생》 엘리자베스 퀴블러 로스, 최준식 옮김, 대화문화아카데미, 1986.

《완화의료기관 서비스 표준 및 실무지침안》 국립암센터, 2011.

《잃어버린 여행가방》 박완서, 실천문학사, 2005.

《생의 수레바퀴》 엘리자베스 퀴블러 로스, 강대은 옮김, 황금부엉이, 2009.

《죽음의 수용소에서》 빅터 프랭클, 이시형 옮김, 청아출판사, 2005.

《주검이 말해주는 죽음》 문국진, 오픈하우스, 2009.

《죽음의 중지》 주제 사라마구, 정영목 옮김, 해냄, 2019.

《데이지의 인생》 요시모토 바나나, 김난주 옮김, 민음사, 2009.

《항암》 다비드 세르방 슈레베르, 권지현 옮김, 문학세계사, 2007.

《웰다잉》 데이비드 쿨, 권복규 옮김, 바다출판사, 2005.

《건전지가 다하는 날까지》 은방울꽃모임, 황소연 옮김, 한울림, 2004.

《Palliative Care Formulary 3rd edition》 Robert Twycrpss, Palliactivedrugs.com Ltd, 2007.

《암진료가이드》 김노경 외, 일조각, 2005.

《나쁜소식 어떻게 전할까?》 우치토미 요스케 편저, 김종흔 옮김, 2008.

《사람은 어떻게 죽는가?》 셔윈B 뉴랜든, 명희진 옮김, 세종서적, 2008.

《완화의학》 이경식 외, 비타민세상, 2006.

《표정의 심리와 해부》 문국진, 미진사, 2007.

《납관부 일기》 아오키 신몬, 조양욱 옮김, 문학세계사, 2009.

《병원에서 죽는다는 것》 야마자키 후미오, 김대환 옮김, 잇북, 2020.

《들꽃진료소》 도쿠나가 스스무, 한은지 옮김, 김영사, 2004.

《행복을 요리하는 의사》 김여환, 시선, 2010.

《나를 서 있게 하는 것은 다리가 아닌 영혼입니다》 알베르트 에스피노사, 박찬이 옮김, 열음사, 2009.

《시몬느 드 보부아르 죽음의 춤》 시몬느드 보부아르, 성유보 옮김, 한빛문화사, 2009.

《혼자 가야 해》 조원희, 느림보, 2011.

천 번의 죽음이 내게 알려준 것들

초판 1쇄 발행 2021년 12월 6일
초판 7쇄 발행 2024년 3월 15일

지은이 김여환
펴낸이 김선준

편집이사 서선행
편집1팀 임나리 이주영
마케팅 조아란 장태수 이은정 권희 유준상 박미정 박지훈
경영지원 송현주 권송이
외주교정 이하정
디자인 정란

펴낸곳 ㈜콘텐츠그룹 포레스트
출판 등록 2021년 4월 16일 제2021-000079호
주소 서울 영등포구 여의대로 108 파크원타워1, 28층
전화 02) 332-5855 **팩스** 02) 332-5856
홈페이지 www.forestbooks.co.kr
종이 ㈜월드페이퍼 **인쇄·제본** 한영문화사

ISBN 979-11-91347-58-6 (03810)